I0660224

LES

BOURGEOIS DE PARIS.

Sceaux. — Impr. E. Dépée.

LES
BOURGEOIS DE PARIS

PAR

Amédée de Bast.

A tous les cœurs bien nés que la patrie est chère.
— VOLTAIRE. —

2

PARIS,
BAUDRY, ÉDITEUR,
RUE COQUILLIÈRE, 54.

1841

Les Prévôts des marchands de Paris.

L'Hôtel-de-Ville de Paris, comme puissance politique, a toujours joué un rôle important dans l'histoire de notre pays. Sully résumait en deux mots son autorité incontestable et sa prodigieuse influence, en disant à Henri IV, après la bataille d'Ivry : « Sire, les victoires sont bonnes, mais il vous faut avec cela le maître-autel de Notre-Dame et l'Hôtel-de-Ville de Paris. »

Le besoin de conquérir l'Hôtel-de-Ville s'est fait sentir à toutes les époques et chez tous les partis qui ont tenté de se saisir du pouvoir général. L'Hôtel-de-Ville est le Louvre du peuple ; dans ce Louvre, moins fastueux que celui de Philippe-Auguste, de Louis XIV et de Napoléon, se sont décidés plus d'une fois le sort de la France et les destinées du monde.

Plus de trois cents ans avant la conquête des Gaules par les Romains, Lutèce se gouvernait par des magistrats municipaux. César respecta ses institutions politiques, et ce ne fut que long-temps après la domination romaine que les habitants de Lutèce, adoptant les lois et le langage du conquérant, appelèrent *nautæ Parisiaci* les citoyens qui étaient chargés de veiller au maintien des droits, des franchises et des privilèges de la cité.

Sous les derniers rois de la première race et sous les premiers de la seconde, les *nautæ*

Parisiaci, désignés aussi sous le nom de prud'-
hommes, ou plutôt la réunion de ces *nautœ*
et de ces prud'hommes, fut appelée la *hanse*
de la marchandise (du mot celtique ou teuton
hansen, qui signifie *confédération*).

Cette *hanse*, protégée par les rois, soutenue
par le clergé et par la noblesse dont elle assurait la splendeur et le luxe, grandit bientôt avec
la ville, et devint une assemblée grave, importante et respectable. Philippe-Auguste, le véritable père de Paris, ne négligea rien pour
donner au sénat bourgeois de sa capitale,
quam multùm diligebat, dit son historien, des
preuves éclatantes de sa royale sollicitude. La
hanse de la marchandise de Paris et le *parlouer*
aux bourgeois devinrent, sous son règne, de
véritables institutions municipales et politiques.

La charge de prévôt des marchands et l'é-
chevinage (du mot *scabini*, officiers de ville)

existaient sans doute avant Philippe-Auguste ;
mais ce roi dota le premier ces fonctions bourgeoises d'une consécration quasi-politique.

Ainsi, l'Hôtel-de-Ville, ses attributions et
ses privilèges, veux-je dire, découlent naturel-
lement des attributions et privilèges de l'ancienne *hanse* de la marchandise ; et la prévôté
des marchands, ainsi que l'échevinage, c'est-
à-dire le gouvernement politique ou l'admi-
nistration populaire de la ville, tout ce qu'en-
fermait jadis et tout ce qu'enferme encore aujourd'hui l'expression figurée d'Hôtel-de-Ville,
a pour origine et source incontestable les
prud'hommes gaulois et les *nautæ* gaulois-
romains.

Aucune ville du monde ne possède dans ses
annales des preuves plus palpables, plus clai-
res et plus concluantes de sa force et de son indépendance civique. Paris est à juste titre la
capitale de la France, puisque dans son sein

s'est conservée pendant deux mille quatre cents
ans la liberté de la nation.

Charles VI, lors de la révolte des Maillotins,
porta bien sur les institutions de la ville une
main téméraire, et supprima l'échevinage et
la prévôté des marchands, qu'il réunit à la prévôté de Paris ; mais ce prince, mieux conseillé
par la suite, rétablit le corps de ville, et l'ordonnance qu'il promulgua en cette occasion
dépose assez en faveur de l'intérêt de la couronne pour le corps de ville de la première
cité du royaume.

L'ordonnance de Charles VI, composée de
cinquante-cinq grands chapitres, est subdivi-
sée en près de sept cents articles. C'est la première charte écrite de l'Hôtel-de-Ville de Paris,
car le premier soin des savants commissaires
que Charles nomma en rétablissant la prévôté
des marchands fut de rassembler les chartes,
papiers, registres, *vidimus*, cahiers et autres

renseignements que la guerre civile et les malheurs du temps avaient éparpillés dans la ville, dans les provinces et jusque chez l'étranger.

D'illustres citoyens honorèrent, dès les premiers temps de l'institution, la charge de prévôt des marchands : Jean Augier (1254), Guillaume Pisdoë (1268), Jehan Popin (1293), Jean Culdoë (1300), Audouin Chauveron (1308), et plusieurs autres, mériteraient sans doute l'hommage d'un souvenir ; mais comme il nous serait difficile, bien que nos investigations soient faites avec tout le dévouement possible, de nous procurer des détails précis sur ces premiers magistrats, nous avons cru ne devoir commencer notre série qu'à Jean Jouvenel, élu en 1389, sous Charles VI, véritable restaurateur de la prévôté des marchands de Paris. Dans cette série, que nous nous appliquons à rendre intéressante, nons ne comprendrons pas, bien entendu, *tous* les prévôts

des marchands depuis 1389 jusqu'en 1789 ,
car, dans cette période de quatre cents ans,
plus de cent cinquante magistrats ont été élus.
Mais nous choisirons , pour retracer leurs
traits, ceux dont les services , les vertus éclatantes, les vices ou les malheurs auront attiré
les regards de leurs contemporains.

La ville de Paris doit sans contredit sa magnificence et sa grandeur à ces magistrats in-
tègres et désintéressés, que les *suffrages libres*
des citoyens appelaient sur le pavois pacifique
de la commune. Il n'est pas un seul prévôt des
marchands depuis l'an 1130 qui n'ait tenu à
devoir et à honneur de signaler son passage
dans les affaires publiques par des améliora-
tions , des embellissements ou d'importantes
et utiles constructions. Les uns assainissent les
marais, les autres créent des quartiers ; ceux-
ci dressent des fontaines et édifient des temples
et des monuments publics ; ceux-là plantent

des promenades et jettent des ponts sur le fleuve. Quand les deniers consacrés par le trésor de la ville à ces divers travaux ne pouvaient suffire, ces généreux citoyens n'hésitaient pas à retirer de leur épargne domestique la somme nécessaire à l'achèvement des ouvrages commencés ; plusieurs grands monuments de Paris doivent leur existence à cette noble libéralité. Hâtons-nous de dire que la charge du prévôt des marchands était purement honorifique, *qu'elle ne rapportait rien.* Les fonctions ne devaient donc être briguées que par de vertueuses ambitions, auxquelles la reconnaissance publique et l'amour du peuple tenaient lieu de trésors et de dignités. Cette reconnaissance et cet amour n'a manqué qu'à un bien petit nombre de ces magistrats.

Nul ne pouvait être élu prévôt des marchands, s'il n'était né dans cette ville ; et dans l'assemblée tenue à l'Hôtel-de-Ville, le 18 août

1450, en présence de maître Arnauld de Marle,
président au Parlement, il fut reconnu que
l'*ancien usage* était de n'élire pour prévôt des
marchands et échevins que des personnes nées
dans la ville de Paris, et que le jour destiné à
l'élection était le 16 août. Cette disposition
paraîtra peut-être puérile aujourd'hui, mais
en jetant un regard sur tant de monuments
vénérables, qui sont tombés depuis quelques
mois par les ordres du corps municipal sous
le marteau des démolisseurs, on ne peut s'empêcher de regretter la sage exclusion de nos
ancêtres. Laissons chacun veiller sur les sou-
venirs de son berceau. Le Parisien aurait
mauvaise grâce de voter la destruction du bef-
froi de Cambray ou du portail de Saint-Ma-
clou, à Rouen : laissez-lui donc le soin exclusif
d'entretenir et surtout de conserver.

Il ne sera point hors de propos de relater
ici la manière dont se faisait chaque année

l'élection des échevins, qui ne diffère guère de celle du prévôt des marchands, que nous retracerons d'ailleurs dans une de nos frêles esquisses. L'historien auquel nous empruntons ces détails vivait vers la fin du xviie siècle ; et depuis Charles VI ce mode d'élection s'était suivi avec une rigoureuse exactitude.

« Les officiers municipaux de l'Hôtel - de-Ville sont le prévôt des marchands, quatre échevins, le procureur du roi, le greffier et le receveur. Ces huit personnes composent ensemble ce qu'on appelle le *bureau de la ville*. Il y a outre cela vingt-six conseillers et dix sergents ou huissiers. Les autres officiers subalternes sont les quarteniers, au nombre de seize ; les cinquanteniers, au nombre de quatre en chaque quartier, qui font en tout soixante-quatre, et les dixeniers, au nombre de deux cent cinquante-six, seize dans chaque quartier ; l'architecte ou maître des œuvres de la ville, le capitaine de l'artillerie, l'imprimeur et le maître d'hôtel. Les trois compagnies de gardes et archers sont aussi du corps de ville. Chacune de ces compagnies est de cent archers, qui ont pour officiers un colonel, un lieutenant-colonel, un major, un aide-major, trois capitaines, trois enseignes et douze sergents. L'élection du prévôt des marchands se fait tous les deux ans, mais il peut être continué jusqu'à quatre fois ; et tous les ans, dans l'assemblée du 16 d'août, les deux plus anciens des quatre échevins sortent d'emploi, et l'on en élit deux nouveaux. La cérémonie de l'élection tant du prévôt que des échevins se fait ainsi : avant le 16 août, les quarteniers, chacun dans l'assemblée de son quartier, font faire élection de quatre personnes pour avoir voix, deux d'entre eux, à l'assemblée du 16 août, tant à l'élection des scrutateurs qu'à celle du prévôt et des échevins. Le jour de l'as-

semblée générale, le prévôt, les échevins, les
conseillers et quarteniers de la ville vont à l'é-
glise de l'hôpital du Saint-Esprit entendre
une messe du Saint-Esprit. Après qu'ils s'en
sont retournés au grand bureau de l'Hôtel-de-
Ville, les quarteniers présentent leur procès-
verbal de l'assemblée par eux tenue, et les
noms des quatre nommés, chacun écrit à part
sur un bulletin. Les quatre noms se mettent
dans un chapeau mi-parti des couleurs de la
ville, et les deux premiers tirés au sort sont
enregistrés dans une liste avec celui de quartenier. Cette élection faite, on envoie quérir
les dénommés par les sergents de la ville ;
quand l'assemblée est ainsi toute remplie, le
greffier fait lecture des ordonnances données
au sujet de l'élection, et de tous les noms de
ceux qui doivent assister à cette assemblée.
Après quoi les échevins qui doivent sortir de
charge remercient l'assemblée ; on fait le ser-

ment de l'élection des scrutateurs, et l'on y procède de vive voix, en commençant par les conseillers de la ville, selon l'ordre de leurs séances; on continue par les quarteniers et leurs mandés, et l'on finit par le prévôt et les échevins. L'élection doit tomber sur quatre personnes, dont l'une soit officier du roi, l'autre conseiller de la ville, la troisième un quartenier, et la quatrième un des bourgeois mandés. L'élection se fait de vive voix, et, quand elle est finie, les scrutateurs font le serment ensemble entre les mains du prévôt des marchands et les échevins, sur le tableau de la ville. Après cela le prévôt et les échevins quittent leur place et vont se mettre au-dessus des conseillers de la ville, et au lieu qu'ils viennent de quitter s'asseoient les quatre scrutateurs, dont le premier tient le tableau de la ville pour les serments de l'élection, et le second, le chapeau mi-parti, pour y recevoir les suffrages. On appelle tous les assistants par ordre, le prévôt le premier, puis les échevins, les conseillers, les quarteniers et les bourgeois mandés, qui donnent leurs suffrages. Quand tout est fait, les scrutateurs passent au petit bureau, où ils font le scrutin de l'élection et tiennent compte des voix qui ont été données à chacun des nommés, dont ils font un procès-verbal qu'ils présentent ensuite au roi, accompagnés du prévôt, des échevins, des procureurs et des greffiers de la ville, et de ceux qui ont été élus à la pluralité des voix.

« L'acte du scrutin est ouvert et lu en présence du roi, et ceux qui s'y trouvent élus à la pluralité sont confirmés par le roi et lui font le serment. A l'égard du procureur du roi, du greffier, du conseiller et des autres principaux officiers de ville, ce sont toutes charges qui s'achètent, *mais il faut être Parisien de naissance pour y être admis.* Outre la connaissance

des matières qui dépendent du commerce par
eau, le prévôt et les échevins connaissent encore des rentes constituées sur l'Hôtel - de-
Ville, et des différends qui naissent au aujet de
ces rentes, soit entre les payeurs et les rentiers,
soit entre les payeurs et leurs commis. Ils ont,
de plus, la surintendance des fontaines de Paris, le soin des ports et des quais, des boues et
des lanternes, de l'entretien du pavé et de plusieurs autres attributions que l'édit de 1700 a
reconnues. (Cet édit a réglé les bornes des
deux juridictions de la Ville et du Châtelet.)
Les quarteniers sont commis pour veiller dans
les quartiers de la ville à ce qu'il ne se passe
rien de préjudiciable au repos public. C'est à
eux à qui le prévôt des marchands et les échevins adressent leurs ordonnances pour les distribuer aux cinquanteniers, qui en font part
aussitôt à chaque dixeniers, afin que l'ordre
soit plus promptement exécuté dans toute
la ville. Les fonctions des autres officiers

sont assez désignées par le nom qu'ils portent.

« Le nom de *parloir aux bourgeois* signifiait deux choses : premièrement, le corps même de la ville, et en second lieu la maison où ils s'assemblaient ; et ces deux significations se donnent encore aujourd'hui à l'*Hôtel-de-Ville*, qui signifie quelquefois le corps de ses magistrats municipaux, et quelquefois la maison de **Grève** où se tenaient ses assemblées. »

Pour rendre cette entrée en matière aussi complète que possible, nous avons cru devoir citer un fragment curieux d'un historien peu connu, sur l'arrivée à Paris de Louis XIV pendant sa minorité, un peu avant les grands troubles de la Fronde. On verra dans ce morceau simplement écrit la place qu'occupaient dans les occasions solennelles les prévôt et échevins de la bonne ville de Paris. A cet égard, nous ne pouvions mieux choisir.

« On se préparait à recevoir le roi avec une

grande magnificence, lorsque S. M., l'ayant appris, dit notre historien, interdit tous les préparatifs qui auraient engagé la ville à de grands frais. Cet ordre n'empêcha pas que la réception ne répondît à la tendre affection des Parisiens pour leur souverain, à quoi le roi et la reine furent eux-mêmes sensibles. Après avoir couché le 17 du mois à Senlis, le roi vint dîner le lendemain au village du Bourget, à trois lieues de Paris. Toute la cour fut agréablement surprise de trouver à l'entrée de ce lieu les bateliers du port Saint-Paul, des Tournelles et du Guichet (du Louvre), au nombre de trois cents, ayant des hauts-de-chausses d'écarlate et autres couleurs, chamarrés d'argent, des pourpoints blancs, des baudriers en broderie, et l'épée au côté, avec quantité de plumes sur leurs chapeaux, mêlées de rubans, et tenant les uns des lances peintes des mêmes couleurs, et les autres des avirons couverts de fleurs de lys d'or. Ils étaient conduits par leurs capitaines, lieutenants, enseignes et sergents, tous gens de bonne mine, ayant à leur tête douze tambours; et tous témoignaient par leurs cris de *Vive le roi* la joie qu'ils avaient de le voir approcher de sa ville capitale. Le roi fut si charmé de la contenance de cette milice, qu'il voulut la revoir après dîner passer en ordre de guerre autour de la cour du logis, où il était avec la reine, les princes, princesses et seigneurs de sa suite. Au sortir du Bourget, le roi prit son chemin entre Saint-Denis et Aubervilliers, afin d'entrer à Paris par la porte Saint-Denis. Vers la Croix-Penchée, le duc de Montbazon, gouverneur de Paris, précédé de trois cents archers de la ville, en trois compagnies à cheval, leurs trompettes et leurs guidons, et enseignes à la tête, présenta le *corps de ville* au roi et à la reine, qui témoignèrent toute sorte de satisfaction de la harangue que

leur fit le président Le Féron, prévôt des marchands, accompagné des échevins, des officiers et des conseillers de ville, tous à cheval
et en habit de cérémonie. Tout ce cortège reprit ensuite le chemin de Paris, précédé de
sept à huit cents gentilshommes, et d'un plus
grand nombre de bourgeois à cheval et en bon
équipage. Puis marchait la maison du roi ;
après quoi venait le carrosse du corps de la
reine, où elle était avec le roi, le duc d'Anjou,
le prince de Condé et le cardinal Mazarin. A
l'une des portières marchait à cheval le duc de
Montbazon, *gouverneur* de Paris, et à l'autre
le *prévôt des marchands*. Ces places d'honneur
leur avaient été données comme une marque
de la confiance particulière que le roi voulait
témoigner à la ville de Paris. Le carrosse du
roi était suivi des autres carrosses des princes et princesses, des ducs, maréchaux de
France, et d'une infinité d'autres personnes de

condition, que l'on fait monter à plus de trois mille carrosses, sans compter plus de huit mille hommes à cheval, sortis exprès de Paris ou des environs pour prendre part à la joie que causait à tout le monde le retour du roi. Toutes les rues qui servaient à son passage étaient ornées de riches tapisseries, et les fenêtres des maisons de flambeaux allumés. Passant sous la porte Saint-Denis, le roi fut salué de plusieurs volées de canon et de boîtes. A ce bruit se joignirent les acclamations publiques, qui l'accompagnèrent jusqu'au Palais-Royal. Le même soir, il y eut un feu d'artifice dans la place de l'Hôtel-de-Ville et des feux allumés devant chaque porte dans les rues, de sorte qu'il semblait que Paris fût tout en feu. On avait dressé en plusieurs endroits des tables couvertes de rafraîchissements ; enfin, rien ne manqua à la fête, qui dura presque toute la nuit. Le lendemain, les Cours souveraines al-

lèrent rendre leurs respects au roi et à la reine
régente ; le clergé de Paris y alla aussi, conduit
par le coadjuteur (le cardinal de Retz), qui
porta la parole, comme avait fait le premier
président Molé pour le Parlement, le président
Nicolaï pour la Chambre des comptes, le président Amelot pour la Cour des aides, et le
lieutenant civil pour le Châtelet. Le Grand-
Conseil, la Cour des monnaies et le *Corps de
ville*, furent admis à l'audience le jour suivant,
qui était un vendredi **20** août, et le **21**, le rec-
teur de l'Université porta la parole à la tête des
docteurs et autres députés de son corps. »

Le Corps de ville, le prévôt des marchands
à sa tête, marche de pair avec les Cours souveraines, les maréchaux de France, le clergé
et l'Université, et cela sous Louis XIV ! En vérité, si le mémorable serment du Jeu-de-
Paume n'avait pas laissé, par-ci par-là, dans
nos institutions et dans nos mœurs, quelques

épaves de liberté, on pourrait se demander si les représentants du tiers-état obtiennent aujourd'hui des royautés constitutionnelles plus de considération et d'honneurs qu'ils n'en obtenaient jadis dans une royauté absolue, et si la souveraineté nationale proclamée par l'Assemblée constituante n'est pas un songe.... ou une fiction.

Jean Jouvenel des Ursins.

— 1389. —

Charles VI, en **1382**, était allé en Flandre à la tête d'une armée formidable, pour réduire à l'obéissance les Gantois qui s'étaient révoltés contre leur comte. Les fauteurs de guerre civile, ceux qui déjà avaient acquis une triste célébrité sous le nom de *Maillotins*, espéraient que le jeune roi et son armée seraient défaits par les Flamands ; mais Charles vengea

héroïquement par la bataille de Rosebek la
défaite de Courtray, et se hâta, à la première
nouvelle de l'insurrection de Paris, de revenir
dans sa capitale avec une partie de son armée
victorieuse. Laissons parler sur ce retour un
de nos vieux et naïfs historiens.

« Les Parisiens souhaitaient que les choses
réussissent à l'avantage des Gantois : l'on trouva même dans Courtray de leurs lettres qui
déclaraient leurs intentions. Mais, pour l'étouf-
fer avant qu'elle eût produit son effet, le roi
ayant laissé une partie de son armée en garnison au pays de Flandre, ramena l'autre avec
lui et s'en vint à Compiègne. Après qu'il y eût
séjourné quelque temps, il s'achemina vers
Paris, et fit avertir les bourgeois de sa venue.
Ils dissimulèrent le déplaisir qu'ils en avaient,
mais leur procédé témoigna la frayeur que
leur causait leur conscience : car pour donner
à qui les voudrait châtier quelque crainte de

leur puissance, ils sortirent trente mille hommes en armes, afin de le recevoir. Le roi ayant
suspect cet orgueilleux appareil, s'arrêta au
Bourget et trouva bon de députer quatre seigneurs devers eux, pour apprendre quel était
leur dessein, et leur faire commandement de
sa part de se retirer chez eux. Cela leur fit
bien juger que cette équipée les rendait plus
coupables que formidables ; néanmoins n'ayant
pas eu le loisir de délibérer sur cet accident
imprévu, ils obéirent d'autant plus facilement
qu'ils n'avaient pas encore de chef établi. Après
cela, le roi, accompagné de ses trois oncles,
du connétable et autres princes, et faisant marcher à pied une partie de sa gendarmerie devant lui et l'autre derrière, entra par la porte
de Saint-Denis, et en sa présence fit rompre
les barrières et dépendre les portes, afin que
la ville demeurant ouverte nuit et jour, il pût
y faire entrer et sortir telles gens que bon lui

semblerait. *Le prévôt des marchands* s'étant présenté avec les échevins et le corps de ville pour lui faire hommage, il passa outre sans les écouter, et alla droit à Notre-Dame, aux pieds de laquelle il présenta pour remerciement de sa victoire la bannière royale qui avait été portée à Rosebek. De là il alla loger au Louvre, et ses oncles, visitant toutes les rues, firent arracher les chaînes, saisirent les grands magasins d'armes, et ôtèrent aux bourgeois celles qu'ils avaient dans leurs maisons. Les Parisiens, tremblants d'effroi et d'appréhension d'un saccagement, craignaient, les uns pour leurs richesses, les autres pour leurs femmes, et presque tous pour leur vie; si bien que, s'étant retirés dans leurs maisons, les boutiques et les portes fermées, cette grande ville semblait une solitude aussi vaste qu'un désert, où l'horreur du silence était augmentée par les objets farouches des gens de guerre et des pillards bretons, qui rugissaient après cette proie pour se jeter dessus, si les princes ne les eussent retenus. Il ne fut pas trouvé bon d'abandonner au pillage cette riche cité, qui est le magasin de la France et un trésor inestimable au besoin de nos rois, ni d'envelopper dans la punition les innocents avec les coupables : mais, pour faire curée aux gens de guerre, le roi leur abandonna les métairies et les maisons de plaisance des bourgeois. En outre il remit les subsides, gabelles, aides, fouages, douzième, treizième et semblables impôts qu'il avait jadis abolis ; lesquels il fit affermer publiquement et au plus offrant, et supprima la *prévôté des marchands* et l'échevinat de Paris, transférant leur autorité et justice politique au prévôt de la ville. »

Mais la capitale du royaume ne pouvait éternellement subir la punition d'une révolte que ses meilleurs citoyens avaient détestée. Charles sentit la nécessité de rétablir une juridiction importante et qui s'était attiré, pendant plus de quatre siècles, le respect du peuple et la reconnaissance de la couronne, et il choisit pour remplir cette haute position publique Jean Jouvenel, *avocat* au Parlement de Paris.

Jean Jouvenel, issu d'une famille honorable de la Champagne, s'était acquis au barreau une réputation brillante. Ses talents, ses lumières, sa probité et son désintéressement lui avaient donné une véritable popularité qu'il n'avait point briguée, mais dont il s'était rendu digne en la faisant tourner au profit de l'ordre et du roi.

Jouvenel, comme tous les hommes appelés à jouer un rôle politique, vivait dans l'obscurité et dans la solitude : il occupait une petite maison isolée, vers la partie nord de l'île de la Cité, et là, n'ayant pour compagnie qu'une vieille servante qui avait élevé son enfance, il se livrait à l'étude avec toute l'ardeur d'un homme qui veut consacrer sa vie au service de la patrie.

Le 28 février 1589, vers la neuvième heure de la nuit, Jouvenel, enfermé dans son cabinet, analysait les cartulaires de Charlemagne, les institutions de saint Louis et les lois de Gombaud, roi de Bourgogne ; à côté de la table où il écrivait, *la Somme rurale* ou *le grand coutumier général de pratique civile et canon,* par Jean Bouteillier, conseiller en la cour du Parlement, se tenait là béant sur un pupitre, tout contre le *Songe du Vergier* de Raoul de Presles; une lampe de fer où scintillait une mèche à moitié consumée jetait dans cette chambre toute parsemée de manuscrits et de sacs à procès une clarté douteuse et blafarde. Sur un escabeau, la robe, le chaperon et la ceinture de moire de l'avocat étaient jetés pêle-mêle.

Tout à coup la porte du cabinet s'ouvre avec

fracas : c'est la vieille servante qui apparaît tremblante, pâle et hors d'haleine.

— Mon maître, mon bon maître, s'écrie-t-elle, en se jetant aux genoux du jeune homme, sauvez-vous, sauvez-vous, il en est temps encore. Une muraille peu élevée sépare cette maison du Parc-aux-Ours, fuyez par là, fuyez, au nom du ciel*!

— Et pourquoi fuir, Denise? répondit Jouvenel en marquant d'un signet le livre qu'il lisait, pourquoi quitter le logis comme un larron ou un lépreux? le feu a-t-il donc pris dans une maison du voisinage?

— Le feu! c'est bien pis, messire. Apprenez qu'une troupe de gens à cheval ont mis pied

---

* Le Parc-aux-Ours était un endroit réservé dans la Cité aux bateleurs qui amenaient des ours aux foires de Paris. La ville donna plus tard ce vaste emplacement au prévôt de Paris, Jean Jouvenel, à titre de cadeau. Jouvenel fit bâtir sur ce terrain un hôtel, et prit de là le nom de *des Ursins.* La rue et l'hôtel existent encore en partie.

à terre à votre porte, et qu'ils frappent comme des sourds, en enjoignant d'ouvrir au *nom du roi.*

— Et avez-vous ouvert, Denise? fit l'avocat.

— Je m'en serais bien donné de garde, sainte Vierge! répondit la pauvre servante : ils n'ont qu'à venir pour vous arrêter.

— Denise, repartit sévèrement Jouvenel, allez ouvrir sur-le-champ, et n'oubliez jamais que la porte de Jean Jouvenel doit être constamment ouverte à ceux qui parlent au nom du roi et au nom du peuple.

La bonne vieille obéit, et, quelques instants après, elle introduisit dans le parloir de l'avocat Armand de Corbie, premier président au Parlement, Jean de Cassières, avocat du roi, et Jean Auchet, procureur-général. Ces trois magistrats étaient accompagnés du capitaine de la tour du Louvre, du sénéchal de Poitou et du comte Mac-Olphen, lieutenant de la compagnie écossaise.

— Jean Jouvenel, dit le premier président, Armand de Corbie, au jeune avocat en l'embrassant avec effusion, le roi, notre sire, ne veut pas tenir rigueur plus long-temps à sa bonne ville de Paris : il rétablit dès aujourd'hui la charge de prévôt des marchands, et c'est vous dont il a fait choix pour remplir ces fonctions importantes.

— Moi! messeigneurs, fit Jouvenel frappé de surprise.

— Vous-même, notre ami, reprit le procureur-général, Jean Auchet; à votre avis, le roi pouvait-il élire une personne plus digne que vous de sa confiance et de celle du peuple de Paris.

— Hélas! messeigneurs, répondit Jouvenel, le roi, dans cette circonstance, n'a pas mesuré sa faveur à mon mérite, mais seulement à mon dévouement et à mon zèle aux intérêts de l'état. Au surplus, tout indigne que je me reconnaisse d'une si haute position, je ferai en sorte de ne point cheoir, et pour me maintenir au pinacle, je m'appuierai tour à tour sur le bouclier de la foi et sur le glaive de la justice. Sus, messeigneurs, je suis prêt à vous suivre partout où vous voudrez me conduire.

— Les bourgeois sont assemblés à l'Hôtel-de-Ville, dit Jean de Cessières, et c'est là que nous allons vous mener. Mais, au préalable, il faut que, selon les ordres du roi, le capitaine de la tour du Louvre et le sénéchal de Poitou vous revêtent des insignes de votre nouvelle dignité.

Jouvenel se leva et les deux officiers du roi le revêtirent d'une longue robe de velours noir, bordée d'hermine et doublée de menu-vair; on lui ceignit l'épée et on plaça sur sa tête un bonnet à quatre cornes, rehaussé de broderies d'argent; quand ces préparatifs furent terminées, le premier président, Arnaud de Corbie, lui passa au cou une chaîne d'or du poids de cinq cents écus d'or, et lui mit à la main une baguette d'ébène dont les deux bouts étaient ornés d'une fleur de lys en or massif.

Un palefroy splendidement caparaçonné attendait Jouvenel à la porte de son modeste logis : il monta sur ce genet avec grâce, et ceux qui l'étaient venu chercher l'ayant imité, le cortège se mit en marche, précédé d'une grande foule de peuple qui faisait retentir l'air des cris de Noël! Noël! Noël! vive le roi et le prévôt des marchands.

Les principaux bourgeois et les notables de la ville de Paris attendaient avec une espèce d'anxiété l'arrivée du nouveau magistrat dans les salles de l'Hôtel-de-Ville. On ignorait sur quelle tête s'était reposée la faveur royale. Les uns craignaient un homme de guerre, les autres redoutaient un grand seigneur. La joie fut universelle, la satisfaction publique éclata à trois reprises différentes, par des bravos et des applaudissements, quand on reconnut, sous l'habit somptueux du prévôt des marchands, l'avocat Jouvenel, dont le caractère et les vertus étaient appréciés par la magistrature, par le peuple et par la bourgeoisie.

Jouvenel, entouré des membres du Parlement et des seigneurs de la cour qui l'avaient amené, prit place sur le siège à deux marches qui lui était destiné, et ayant fait faire silence, il s'exprima à peu près en ces termes :

« La confiance du roi, mes chers concitoyens, m'appelle aujourd'hui au poste éminent de prévôt des marchands. Après un intervalle de plus de six années, je suis choisi pour restituer à ces fonctions importantes une partie du lustre et de la grandeur que les calamités du temps lui ont enlevée. Mais, mes chers

concitoyens, mes efforts, mon zèle, ma bonne
intention ne seraient d'aucune utilité au bien
général, si je ne m'assurais du concours de
tous, du dévouement de chacun. Mes amis, mes
frères, puis-je compter sur vous pour conso-
lider la paix publique, pour honorer le roi,
défendre l'État et glorifier cette capitale, qui
n'est pas seulement la capitale du royaume,
mais qui est encore la capitale du monde civi-
lisé et la métropole des arts, des sciences et de
l'intelligence. »

Jouvenel avait prononcé cette allocution
d'une voix émue; sa longue chevelure noire
éparse sur son cou, faisait ressortir la pâleur
de son visage : des larmes brillaient dans ses
yeux, et tout dans son attitude décelait l'homme
profondément convaincu des opinions qu'il
voulait faire triompher.

Cette conviction passa comme l'étincelle
électrique dans l'âme des auditeurs, et des

milliers de voix s'élevèrent aussitôt pour promettre au nouveau prévôt des marchands assistance et concours.

— Bien, très-bien, mes amis, mes concitoyens, reprit alors Jouvenel, maintenant je
puis hautement, devant Dieu et devant les
hommes, devant les envoyés du roi et devant
les envoyés du peuple, déclarer que j'accepte
les fonctions de prévôt des marchands. Justice pour tous est la devise du Parlement de
Paris; honneur, gloire et justice à la ville de
Paris, sera la mienne. Adieu! mes amis, je vais
dès cette nuit me mettre à la besogne et travail-
ler pour votre profit et pour celui du roi.

Jean Jouvenel tint ses promesses. Dès le
lendemain de son installation, de concert avec
le Parlement, il fait abattre les moulins qui
entravaient la navigation de la Marne et de la
Seine, et les mesures furent si bien prises qu'en
une seule nuit cette grande amélioration est

assurée. Il fait construire deux chapelles à Notre-Dame de Paris, qui manquaient à l'édifice; augmente l'Hôtel-Dieu de trois salles vastes et aérées, fait paver toute la partie orientale de Paris et donne le premier des conduits souterrains à l'écoulement des eaux. Là ne s'arrête point la sollicitude de Jouvenel: il fait venir d'Italie, de Grèce et de Constantinople d'habiles ouvriers, les emploie et finit par les attacher à la France; des quais sont construits par ses ordres, le pont au Change est restauré, les maisons du mont Saint-Hilarion, dont quelques unes dataient du règne de Charlemagne, sont rebâties; enfin il dote des écoles, assainit la ville, plante des promenades et élève des fontaines publiques qui ont duré jusque dans les premières années du dix-septième siècle. En moins de huit ans Jouvenel entreprit et termina toutes ces grandes et nobles choses.

Mais la vertu la plus pure et la plus désinteressée ne défend pas toujours des attaques de la médisance et de la calomnie. Pendant la maladie du malheureux Charles VI, Jouvenel s'attira la haine du duc de Bourgogne. Celui-ci suborne des témoins, et le prévôt des marchands est cité à comparaître devant le roi en personne, au bois de Vincennes.

Le bruit de l'accusation intentée contre Jouvenel se repand dans Paris avec la rapidité de l'éclair. On s'émeut, les bourgeois se rassemblent, et quatre cents des plus notables citoyens prennent les armes et se disposent à accompagner le prévôt accusé devant le roi. C'est avec ce cortège dont il ne peut se séparer ni par menaces ni par prières que Jouvenel paraît devant le roi. Le procès est entendu et les témoignages calomnieux réduits à leur juste valeur ; le roi Charles prononce ces paroles remarquables :

« Je vous dis que le prévôt des marchands

est prud'homme, et que ceux qui ont fait pro-
poser contre lui sont mauvaises gens. »

Puis, se tournant du côté de Jouvenel et de
son escorte :

« Allez-vous-en, mon ami, et vous tous, bons
bourgeois fit-il. »

Ainsi tomba la misérable accusation du Bour-
guignon, et cette hideuse calomnie ne servit
qu'à rehausser davantage la vertu et la touchante charité de Jouvenel.

Devers Pâques, le logis du prévôt des marchands fut entouré un matin de gens envelop-
pés dans des linceuls et qui demandaient grâce.
(Car en ce temps là il fallait pour faire ses Pâques recevoir l'absolution, et pour recevoir
l'absolution racheter par une pénitence les
fautes qu'on avait commises.) Jouvenel se lève,
va à eux et les reconnaît pour ses accusateurs.
Son cœur est touché de pitié, il les relève, les
embrasse en les nommant par leurs noms,

pleure avec eux et les congédie en leur par-
donnant et en leur promettant dans toute circonstance son aide et sa protection.

Inébranlable au milieu des factions qui dé-
chiraient la France, il reprocha plus d'une fois
aux ducs d'Orléans et de Bourgogne les malheurs de la patrie. Un jour que les ducs assis-
taient à une fête qui se donnait en l'honneur
d'Isabeau, femme de Charles VI, à l'Hôtel-de-
Ville de Paris, le courageux prévôt des marchands, s'apercevant que les deux princes al-
laient danser au quadrille de la reine, courut
vers eux. Messeigneurs, leur dit-il, laissez aux
femmes et aux enfants le futile plaisir de la
danse et des momeries galantes, cela ne con-
vient pas à deux hommes qui doivent avoir
sans cesse l'épée à la main pour faire respec-
ter la couronne de France.

Puis, emporté par son patriotisme brûlant,
Jouvenel ajouta : Ah! messeigneurs d'Orléans

et de Bourgogne, si au milieu de cet Hôtel-de-Ville de Paris vous vouliez abjurer toutes vos anciennes animosités, si vous vouliez signer dans cette enceinte un pacte pour le salut et le bonheur de la France, je vous offrirais de bon cœur mon sang pour signer cet acte et ma tête pour le sceller!!!

Bourgogne et d'Orléans ne signèrent point le pacte, mais ils n'osèrent pas danser.

Jean Jouvenel posséda l'office de prévôt des marchands jusqu'en 1406, époque à laquelle il rentra au barreau avec la qualité d'*avocat du roi*.

La ville lui donna comme un témoignage de sa gratitude un vaste terrain, où il fit bâtir un hôtel dont quelques débris existent encore aujourd'hui. De cet hôtel il prit le nom de *des Ursins*, qui resta depuis dans sa famille.

Jean Jouvenel des Ursins, suivit Charles VII à Poitiers, et on le trouve désigné par l'ordonnance de 1422 au nombre des membres du Parlement transféré en cette ville. Il mourut à Paris, en 1431, plein de jours et de gloire.

On a élevé récemment une petite statue de pierre à Jouvenel des Ursins sur la façade do l'Hôtel-de-Ville de Paris ; il eût été d'une piété plus vraie de rassembler ses ossements épars dans les caveaux de Notre-Dame, depuis la violation des tombeaux en 1793, et de rétablir sa sépulture dans une des chapelles de cette basilique qu'il a embellie, ornée et défendue.

Jean Desmarets, échevin de Paris.

— 1383. —

Les fautes d'un gouvernement prodigue et dissolu donnèrent le signal d'une révolte dans l'histoire connue sous le nom de sédition des *Maillotins*.

Charles VI était retourné en Flandre à la tête d'une armée formidable, pour châtier les Gantois et Artevelle, leur chef. Les meneurs du complot, espérant que le roi et son armée trouveraient leur défaite et la mort dans cette

expédition, déployèrent l'étendard de la révolte, coururent aux armes, et renouvelèrent les
excès et les crimes qui avaient ensanglanté Paris en 1380, lors de la mort de Charles V.

Mais Charles VI, victorieux des Flamands
à Rosbech, revient en toute hâte à Paris. Il
arrive devant les murs de la capitale le 25
janvier 1383, à la tête de son armée, et s'ap-
prête à y entrer comme dans une ville prise
d'assaut.

Il fait abattre les barrières. Le connétable
et les principaux officiers de l'armée se saisis-
sent des postes où les mutins avaient continué
de se rassembler : les chaînes qui alors se ten-
daient dans les rues sont arrachées et trans-
portées à Vincennes ; les habitants, bourgeois
et artisans, sont désarmés, et plus de trois cents
personnes sont arrêtées et jetées sans informa-
tion préalable dans les prisons de la Tour-

nelle, du Châtelet et de la Conciergerie, avec
les plus vils criminels.

Un tribunal, ou plutôt une commission, en
grande partie composée d'hommes vendus à
la haine des oncles du roi, prononce de rapi-
des sentences. L'échafaud est dressé en per-
manence aux halles, et les victimes désignées
d'avance à la cruauté des juges marchent sans
transition du Palais-de-Justice à la mort.

Un de ces chars funèbres, dit un historien,
s'avançait vers les halles, composé de douze
victimes. La surprise et la consternation furent
générales quand, sur un siège élevé au-dessus
des autres, on aperçut Jean Desmarets, avocat
du roi, ce respectable vieillard qui avait usé
sa vie et ses talents dans les services sans nombre rendus à son ingrate patrie. Loin d'être
complice des désordres publics, dit Mézeray,
il les avait prévenus ou réparés, et toujours il
les avait condamnés.

A l'aspect de ce magistrat vénérable, dont le front était calme et pur comme au jour de sa splendeur, le peuple ne put s'empêcher de répandre des larmes. Deux hommes entr'autres, qui s'étaient juchés pour voir passer le fatal cortège, contre les saints de pierre qui ornaient le portail de l'église des Saints-Innocents, donnèrent des signes de la plus violente douleur et du plus touchant désespoir.

— Hélas! hélas! maître Grillon, dit le plus âgé au plus jeune, faut-il en croire nos yeux? est-ce bien messire Jean Desmarets qui vient là sur cet infâme tombereau! O grand Dieu! qui eût pu prédire une telle fin pour un tel homme!

— Moi, dit l'interlocuteur en essuyant ses yeux du revers de sa manche. Vous êtes parcheminier, Croquemard, et moi je suis syndic de la corporation des savetiers, par conséquent tout ce qu'il y a de plus peuple parmi le peu-

ple. Eh bien ! dites-moi : messire Jean Desmarets n'était-il pas aussi affable, aussi poli pour
nous autres, quand nous allions le consulter,
que pour les chaperons fourrés et les gros seigneurs de la cour ?

— Cela est vrai, repartit Croquemard en
sanglotant, ce bon vieillard-là avait toujours
un sourire à la bouche et une parole de miel
sur les lèvres. A la prise d'armes de 1580,
j'avais voulu faire comme les autres, et je
m'étais emparé, au pillage de l'Hôtel-de-Ville,
d'une hallebarde ; or, je m'en allais avec ma
hallebarde à la main, lorsque je rencontrai
messire Desmarets. Il s'arrêta tout court et
me regarda fixément : Où vas-tu, mon ami? me
dit-il. — Ma foi, messire, fis-je, je vais où vont
les autres. Et, en disant cela, je rougissais com
me dame Luxure de la danse Macabre. — Mon
ami, reprit-il, demain, ta femme et tes enfants
auront faim ; il faut aujourd'hui leur gagner

du pain, pour que la huche ne soit pas vide au point du jour. Laisse là cette arme, et cours reprendre les instruments de ton métier. Une hallebarde dans tes mains ne te vaudrait que dommage et horions; tes outils, au contraire, te rapporteront de l'honneur et du profit; va-t'en au logis, mon garçon. Et là-dessus il me donna une petite tape sur la joue, me désarma comme un enfant et bailla la hallebarde au sergent qui le suivait. Je m'en allai plus penaud qu'un renard sans queue. Je fis bien cependant, car j'appris le soir même que la bande dont je devais faire partie avait été taillée en pièces dans une sortie faite par les arbalestriers de la Bastille.

— Les cordonniers de Paris, dit à son tour maître Grillon, le syndic des savetiers, nous faisaient éprouver toutes sortes d'avanies et de désagréments, il y aura bientôt trois ans. Ma qualité de syndic de la corporation me fit prendre en main les intérêts de la communauté. Je voulus plaider, et j'allai à cet effet consulter messire Jean Desmarets, avocat du roi, mais aussi avocat du peuple. Mon ami, me dit-il, combien avez-vous mis de côté pour intenter un procès aux cordonniers? — Messire, lui dis-je, nous avons en caisse cent écus d'or *à la grande laine*, qui y passeront jusqu'au dernier pour obtenir une éclatante réparation des cordonniers. — Il faudrait six fois autant d'argent que cela, repartit messire Desmarets, pour mener le procès à bonne fin. Croyez-moi, mon ami, prenez les voies d'accommodement et ne plaidez point. Si vous voulez, je serai votre arbitre, et les choses se passeront sans bruit. Je me rendis à ses remontrances; et de fait, il arrangea si bien les affaires, son éloquence nous remua tellement les entrailles, que cordonniers et savetiers, dans la personne de leurs syndics et de leurs conseillers, s'embrassèrent bras-dessus-bras-dessous, avant de quitter le cabinet de l'avocat du roi.

— Dieu n'avait pas créé de plus juste depuis le roi Salomon, exclama le parcheminier.

— Messire Desmarets, reprit le syndic, était l'ami, le défenseur, le conseil et le tuteur du peuple; à ce titre, il devait mourir. Ne faut-il pas, pour plaire à la cour, calomnier, maudire ou égorger le pauvre peuple de Paris?

En ce moment un homme, qu'à son costume noir on pouvait prendre pour un procureur ou un greffier du Parlement, leva la tête, et, regardant les deux causeurs:

— Il y a du vrai peut être dans ce que vous dites-là, mes Féaux, dit-il; mais ces raisons ne sont pas les seules qui ont déterminé la perte de Jean Desmarets. Vous vous rappelez qu'en 1380 les ducs d'Anjou, de Bourbon, de Berry et de Bourgogne ne s'accordèrent pas sur le

conseil de régence établi par l'ordonnance de
1574. Une assemblée des plus grands personnages de l'état ayant été convoquée pour ré-
gler cette grande question, il fut convenu
qu'elle serait soumise à quatre arbitres. Jean
Desmarets, alors avocat au Parlement, en fut
un. Les arbitres, ayant formulé une espèce de
pacte, les princes s'y soumirent, mais en murmurant, et ce pacte ou traité fut homologué
au Parlement par arrêt du 2 octobre 1580.
Voilà le premier crime de Desmarets ; ce
crime est irrémissible aux yeux de certaines
gens.

Le second, le voici : Jean Desmarets, chéri
du peuple, dont il n'était cependant ni le flatteur ni le courtisan, a arrêté par sa seule présence bien des excès et bien des fureurs. Tandis que les riches bourgeois, les gens de la
cour et la plupart de nos seigneurs du Parlement abandonnaient la capitale, livrée aux

horreurs de la guerre civile, Jean Desmarets, fidèle à ses devoirs, restait impassible à son poste. Voilà de ces choses qu'on ne pardonne pas non plus. Aujourd'hui, bonnes gens, notre pauvre vieillard paie la dette de son intrépidité et de ses vertus : son supplice va réconcilier les grands seigneurs avec les riches citoyens de la cité. Les traîtres et les lâches pourront se regarder désormais sans vergogne, car il n'y aura plus là pour les faire rougir un magistrat intègre, un citoyen courageux, un Français fidèle.

Mais le voici qui s'avance. A genoux, bonnes gens, à genoux! rendons un dernier hommage à la vertu malheureuse, et prions le ciel que le sang de cet homme de bien, de ce juste, ne retombe pas en calamités et en malédictions sur la France et sur le trône de notre jeune roi.

Les trois hommes se précipitèrent à genoux,

le peuple les imita, et Jean Desmarets, du haut de son funèbre char, put voir ce suprême et dernier témoignage d'attachement populaire.

Le tombereau s'éloigna, et, une heure après, la foule muette et consternée abandonnait le sanglant Golgotha de la capitale de la France.

Ainsi mourut Jean Desmarets.

Le peuple, les grands, ceux mêmes qui le perdaient, dit un historien, étaient persuadés de son innocence.

Sans se plaindre de ses persécuteurs, il prononça d'une voix ferme ces paroles de David : *Judica me, Domine, et discerne causam meam de gente non sanctâ.*

« Il se présenta à la mort héroïquement, et se refusa sur l'échafaud à une lâcheté qu'on lui proposait comme moyen de sauver sa vie ; car, suivant un historien contemporain, lorsqu'on lui dit : Maître Jehan (Jean), criez merci au roi afin qu'il vous pardonne vos forfaits,

adonc se tourna-t-il et dit : « J'ai servi au roi
« Philippe, son grand-aïeul, au roi Jehan et au
« roi Charles, son père, bien et loyalement, on-
« que ces trois rois ne me sçurent que deman-
« der, et ne me ferai cettui-ci, s'il avait âge et
« connaissance d'homme, et crois bien que de
« moi juger il n'en soit en rien coupable. Si
« n'ai que faire de lui crier merci ; mais à
« Dieu vueil crier merci, et non à autre, et lui
« prie qu'il me pardonne tous mes forfaits. »
Adonc il prit congé du peuple dont la grai-
gneure partie pleurait pour lui ; et en cet estat
mourut Jehan Desmarets. »

On chercha à couvrir cette inique condam-
nation, en disant que Jean Desmarets , étant
resté au milieu des séditieux pendant les troubles de Paris, devait nécessairement avoir pris
une part active à leurs délibérations et à leurs
mesures politiques. Mais la véritable cause de
sa perte se trouvait dans le ressentiment des

ducs de Berry et de Bourgogne, ressentiment
favorisé par le chancelier d'Orgemont et par
son fils, évêque de Thérouenne, et depuis évêque de Paris.

L'indignation publique, dit un historien de
notre siècle, ne cessa de peser sur l'évêque de
Paris, qu'on regardait comme le plus ardent
provocateur de la mort de Desmarets; et cette
opinion avait acquis une telle force, que vingt-
sept ans après, cet évêque ayant péri d'une manière tragique, le peuple considéra cet événement comme la punition de la mort de Jean
Desmarets.

Vingt-quatre ans après son supplice, le corps
de ce magistrat illustre, gardé secrètement
dans sa famille, fut transféré en l'église de
Sainte-Catherine-du-Val-des-Escaliers. Son effigie et celle de sa femme y subsistaient encore
à l'époque de la Révolution. Mais les vandales,
qui détruisaient les monuments empreints

d'une croix, d'une mort glorieuse ou d'un souvenir historique, se ruèrent sur le mausolée de Desmarets et le brisèrent en morceaux. Les misérables ignoraient que celui dont ils outrageaient ainsi les cendres et le sépulcre avait été le champion et le défenseur du peuple dans un temps où le peuple n'était pas *souverain*, et où par conséquent sa défense n'était pas sans dangers.

Malgré ses nombreuses occupations au Parlement et les orages populaires qui grondaient sans cesse autour de lui, Jean Desmarets composa, sous le titre de *Décisions*, un ouvrage remarquable pour l'époque. C'est un recueil d'arrêts, de consultations et de jugements sur arbitrages, où règne une sorte d'harmonie générale fort remarquable. Brodeau a joint ces *Décisions* à la fin de son Commentaire sur la Coutume de Paris.

Une matinée au château de Loches.

— 1469. —

Louis XI venait d'échapper au plus grand péril qu'il eût jamais couru ; Charles-le-Téméraire, duc de Bourgogne, lui avait enfin permis, après la prise de Liège, de reprendre la route de France. Louis se hâta de profiter de la bonne volonté de son vassal et arriva au château de Loches, pour *se réconcilier*, disait-il plaisamment, *avec le métier de politique*, que la trahison du cardinal de La Balue avait failli lui faire perdre. Dans son impatience de rentrer dans la plénitude de son autorité, le monarque n'avait fait qu'un très court séjour à Paris : il avait besoin de solitude, de méditation pour apporter quelque remède aux maux, que le traité signé avec le duc de Bourgogne allait causer à la France. Louis s'était fait accompagner à Loches de quelques conseillers fidèles. Philippes de Commines et Pierre Danès, procureur-général au Parlement de Paris, étaient au premier rang ; la *petite cour*, où les conseillers familiers étaient Tristan-l'Hermite, Olivier-le-Daim, le médecin Jean Coictier et quelques autres moins connus.

Le 15 d'avril, le roi étant dans sa chambre de travail, reçut comme d'habitude, vers sept heures du matin, Philippes de Commines et Pierre Danès.

— Maître Danès, dit Louis, avez-vous mis la dernière main à l'ordonnance que nous avons préparée ces derniers jours-ci ?

— Sire, répondit le procureur-général, j'apporte l'ordonnance toute faite à votre majesté, elle n'a plus qu'à la signer, après en avoir au préalable entendu la lecture.

— Lisez donc, maître Danès, lisez ; j'ai hâte de vous voir partir avec ce diplôme, qui prouvera à mon Parlement de Paris que je ne perds point de vue les intérêts de la justice et des magistrats.

Cette pièce était la fameuse ordonnance sur l'inamovibilité des charges de judicature. Elle était attendue avec une égale impatience par le peuple et par les magistrats : tout le monde reconnaissait la nécessité d'entourer les organes et les interprètes de la loi d'une inviolable sécurité; car il est certain, dit à ce sujet un savant avocat, que l'instabilité d'un état, l'incertitude

de le conserver, la perspective d'en être déposs-
sédé d'un jour à l'autre, attiédissent le zèle du
fonctionnaire public, et lui suggèrent même
quelquefois des spéculations contraires à la
délicatesse et à l'ordre public. Ces inconvénients se faisaient sentir dans la magistrature, lors même qu'elle était *élective*, parce
que l'élection ne mettait pas le pourvu à l'abri
des *révocations* et des *destitutions*.

Divers exemples de ces *destitutions arbi-
traires* ayant jeté le découragement parmi les
magistrats, on touchait au moment où les
places vacantes resteraient sans compéti-
teurs.

C'est ce que le procureur-général Danès
avouait franchement dans le préambule de
l'ordonnance qu'il lisait au roi :

« Comme depuis nostre advenue à la cou-
« ronne, plusieurs mutations ayent été faites en
« nos offices, laquelle chose est le plus advenue

« à la poursuite et suggestion d'aucuns, et *nous*
« *non avertis duement,* par quoy, ainsi qu'en-
« tendu avons, et que bien connaissons être
« vraisemblable, plusieurs de nos officiers,
« doutant cheoir audit inconvénient de muta-
« tion et destitution, n'ont pas *tel zèle et fer-*
« *veur à nostre service qu'ils auraient, se n'es-*
« *tait ladite doute,* savoir faisons que nous
« *considérant,* qu'en nos officiers consiste,
« sous notre authorité, la direction des faits
« par lesquels est policée et entretenue la chose
« publique de notre royaume, et que d'icelui
« ils sont *ministres essentiaux,* comme mem-
« bres du corps dont nous sommes le chef ;

  « Voulant extirper d'iceux icelle *doute* et
« pourvoir à leur sûreté en notre service, tel-
« lement qu'ils ayent cause d'y faire et persé-
« vérer ainsi qu'ils doivent.

  « Statuons et voulons que désormais il ne
« soit pourvu au remplacement d'un office

« royal, s'il n'est vacant *par mort* ou par *rési-*
« *gnation* faite de bon gré du résignant, dont
« il apparoisse duement ; ou par *forfaicture*
« préalablement jugée et déclarée judiciaire-
« ment et selon les termes de justice, par juge
« *compétent* et dont il apparoisse semblable-
« ment. »

Le procureur-général termina sa lecture
par cette disposition qui a été si souvent depuis
invoquée par les Parlements :

« Et s'il advient que par *inadvertance* de
« notre part, ou *importunité des requérants,*
« ou AUTREMENT, nous fassions le contraire,
« nous, dès maintenant comme pour lors, le
« révoquons et annullons, et voulons qu'au-
« cunes lettres n'en soient faites et expédiées ;
« et si faictes étaient qu'à icelles, ni à quelcon-
« ques autres qu'on pourrait sur ce obtenir de
« nous, *aucune foi ne soit* adjoutée, et que

« pour ce aucun soit destitué de son office , ni
« inquietté en icelui. »

Voilà qui est bien, dit le roi, après avoir
entendu la lecture de l'ordonnance, mon Parlement de Paris sera content. Ça que je signe.

Louis signa, et en remettant le parchemin
au procureur-général : Messire Danès, lui dit-
il, vous allez vous apprêter à partir pour Paris
aujourd'hui même, j'ai hâte d'apprendre l'en-
registrement de cette ordonnance. Vous parti-
rez aussi, messire de Commines, ajouta le roi,
vous irez installer dans ma bonne ville le nouveau prévôt que je lui destine.

— Votre Majesté a-t-elle déjà fait son choix
pour ce poste important, demanda Philippe.

— Pas encore, messire, mais je vais me
décider ce matin même ; les candidats ne manquent pas, Dieu merci !

— Sire, reprit Commines avec une respec-
tueuse hardiesse, mon dévouement à votre

personne me force à vous dénoncer un grand
scandale...

— Un grand scandale, Philippe, interrompit Louis, que voulez-vous dire ?

— Oui, sire, un grand scandale, reprit le
conseiller, et Votre Majesté m'absoudra peut-
être de ma témérité quand elle saura de quoi
il s'agit.

— Parlez, Philippe, parlez, vous savez bien,
mon ami, que votre rude franchise n'est jamais mal accueillie par votre roi.

— Eh bien ! sire, apprenez que depuis deux
jours votre château est plein de gens qui viennent briguer la place de prévôt de Paris. Les
promesses et les cadeaux ont corrompu ceux
qui approchent le plus fréquemment de votre
royale personne...

— Nommez ces méchants serviteurs, Philippe, interrompit le roi, dont les yeux brillaient comme ceux d'un tigre, nommez-les, et

į r Notre-Dame-de-Cléry, j'en ferai bonne et
į ompte justice.

— Je doute fort que Votre Majesté puisse se
résigner à sévir contre des hommes qui pos-
sèdent depuis long-temps sa confiance et son
amitié. Quoiqu'il en soit, sire, je vais vous les
nommer, car je ne redoute rien et le service
de Votre Majesté, le bien de l'État, doivent m'é-
lever au-dessus des considérations personnel-
les. Sire, ces trafiquants de la faveur royale
sont le chef de la prévôté de l'hôtel, messire
Tristan-l'Hermite, votre barbier Olivier-le-
Daim, et votre médecin Jean Coictier. Les trois
gentilshommes pour lesquels ils intriguent sont
le comte de Meulan, le baron de Villeneuve et
le vidame de la Ferté ! !

— En effet, dit Louis en détachant de son
bonnet une petite vierge de plomb et la portant
à ses lèvres, en effet, Philippe, voilà bien les
trois concurrents que mon prévôt, mon bar-

bier et mon médecin m'ont tour à tour recommandés... Mais êtes-vous bien sûr au moins, messire de Commines, qu'il existe une corruption flagrante au fond de ces recommandations ?

— Sire, dit Commines en relevant fièrement sa tête, un gentilhomme ne ment jamais, et un homme tel que moi n'intente point légèrement une accusation de cette nature. J'ai prêté cinquante écus d'or de mes propres deniers au comte de Meulan ; j'ai répondu d'une pareille somme pour le baron de Villeneuve ; et les fermiers de ma terre d'Argenton ont avancé sous ma garantie dix mille livres au vidame de la Ferté, mon parent et mon frère d'armes.

— Je n'ai plus d'objections à faire, Philippe, vous me fermez la bouche, reprit le roi après quelques instants de silence. Mais comment faire ! comment faire !

— Mettre au néant les trois recommandations spéciales, répartit Commines, ordonner
à vos serviteurs de ne plus se mêler des affaires
d'état, et donner la charge de prévôt de Paris
au plus vertueux et au plus digne.

— Cela est bien aisé à dire, Philippe, mais
mécontenter le compère Tristan, chagriner ce
pauvre Olivier, un si bon homme! rompre en
visière à messire Coictier, mon médecin, qui
a tant de soins pour moi..... tout cela est bien
difficile..... Il me semble être encore dans la
tour de Péronne.

— Votre Majesté n'a point trois prévôts à
nommer; dans tout état de cause elle fera deux
mécontents parmi ses serviteurs; faites-en
trois, sire, et, au nom du ciel! n'encouragez
pas la fraude et la corruption. Un grand
prince tel que vous, sire, doit à l'Europe,
doit au monde l'exemple de toutes les vertus
royales : soyez clément, si tel est votre bon plai-

sir, envers ceux qui cherchent à compromet-
tre la couronne, mais soyez juste envers ceux
dont plus belles actions et le mérite sont les
seuls protecteurs.

En ce moment une jeune fille entra légère
et riante dans le cabinet du roi. Sa mise, quoique d'une extrême simplicité, était celle d'une
fille noble, et elle portait dans un bassin d'argent un fromage à la crème parsemé de grains
d'anis et de filets de miel.

A l'aspect du procureur-général et de Philippe de Commines elle voulut se retirer, mais
Louis lui fit signe d'approcher, et elle courut
se blottir aux genoux du roi qui lui donna un
baiser sur le front.

Un nuage mystérieux couvrait l'origine de
cette jeune fille qu'on appelait la *pupille* du
roi, et qui était connue au château de Gaucourt sous le nom de Lucette de la Radière.
Louis XI avait confié Lucette, presque encore

au berceau , aux soins et à la sagesse du vieux sire de Gaucourt, et elle avait grandi au milieu de la famille de ce gentilhomme dont le fief touchait au château de Loches.

— Que m'apportez-vous là , Lucette , dit le roi; un fromage à la crème?

— Oui, sire, répondit la jeune fille en rougissant et enprenant la main de Louis, qu'elle baisa respectueusement, il sera bien bon, car je l'ai fait moi-même à l'intention de Votre Majesté.

— Vous êtes une petite flatteuse, Lucette , et je finirai par vous consigner à ma garde écossaise. Eh quoi! toujours des cadeaux! tantôt c'est un bouquet, tantôt c'est une corbeille de fruits, aujourd'hui voilà un fromage à la crème! Vous voulez à toute force, Lucette , que le roi de France devienne votre débiteur... Eh bien! il accepte ce titre de bonne grâce, et

pour s'acquitter envers vous, il tâchera bientôt de vous donner... un mari.

Lucette rougit, et fixant ses yeux bleus et
limpides sur le roi : Sire, répondit-elle, la pauvre orpheline serait bien ingrate si elle ne s'ef-
forçait de vous témoigner, dans les courts
instants que vous daignez lui accorder, la reconnaissance dont elle est pénétrée.

— Bien, bien, interrompit Louis XI, ne
parlons pas de reconnaissance, vous ne m'en
devez pas, Lucette. Mais ça, que fait-on au château du bon Gaucourt?

— Sire, toute la famille est dans la joie.
Le chevalier Charles de Gaucourt est revenu
hier guéri de la blessure qu'il avait reçu à la
prise de Liège, en combattant à la tête des archers de votre garde dont il est capitaine.

— En effet, ce beau jeune homme est tombé
à mes côtés en me faisant un rempart de son
corps. Je l'ai recommandé en partant à mon

beau cousin de Bourgogne. A-t-il été bien traité par le duc?

— Très bien, sire. Monseigneur de Bourgogne a eu tous les soins imaginables de lui. Bien plus, sire, le duc ne voulait-il pas le retenir dans son armée. Il lui a offert une compagnie de ses gardes à commander et le collier de l'ordre de la Toison d'Or.

— Ah! ah! et qu'a répondu Charles de Gaucourt à ces belles offres? dit Louis en fronçant le sourcil.

— Ah! sire, il a fait une réponse qui a fait pleurer de joie toute la famille quand il nous l'a répétée.

— Et quelle est-elle? fit Louis en se penchant vers Lucette avec curiosité.

— Monseigneur, a-t-il répondu, je n'ai qu'une épée et qu'un cœur, et l'un et l'autre appartiennent à mon roi. J'aurais mille épées et mille cœurs qu'ils lui appartiendraient également. Je vous remercie, monseigneur, de votre généreuse hospitalité, de la bonne opinion que vous avez de mon courage : je veux continuer à mériter votre estime, et pour cela je persisterai à servir ma patrie et mon roi envers et contre tous.

— Voilà de nobles paroles! s'écria le procureur-général.

— Sire, ajouta Philippe de Comminès, une si noble conduite exige une noble récompense.

Louis XI garda quelques instants le silence en promenant son regard sur Lucette, sur Danès et sur Commines; puis faisant le signe de la croix, pratique religieuse dont il s'acquittait toujours quand il avait pris une détermination irrévocable, il dit :

— Lucette, allez me quérir sur-le-champ Charles de Gaucourt... Cette mission, mon enfant, vous sera-t-elle désagréable?

— Oh ! non, sire, exclama la jeune fille en rougissant et en baissant les yeux.

— Je m'en doute bien, répondit Louis ; car je devine le secret de votre petit cœur, mon enfant. Dites en vous en allant à mon prévôt, à mon barbier et à mon médecin de monter tout de suite dans ce cabinet. Courez, Lucette, courez ; les moments sont précieux.

La jeune fille disparut, et les trois serviteurs de Louis ne tardèrent pas à paraître.

—Mon compère Tristan, dit Louis, le comte de Meulan ne me présente pas assez de garanties morales pour être appelé à la prévôté de Paris. Mais je te nomme, toi, gouverneur de la Roche-sur-Yon, et il ne tiendra qu'à toi de lui déléguer tes fonctions que tu ne pourras remplir, moyennant une indemnité annuelle. Mon bon Coictier, mon cher Esculape, continua le roi, le vidame de La Ferté est encore trop jeune pour pouvoir remplir convenablement le poste de prévôt de Paris; mais je vous donne, bon Coictier, un bénéfice de deux mille écus sur l'abbaye de Fontevrault, et je vous permets d'en constituer la survivance au vidame de La Ferté. Quant à toi, mon pauvre Olivier, ton protégé, le baron de Villeneuve, n'est pas d'une étoffe assez bonne pour faire un magistrat; mais c'est un homme de cœur. Dis-lui que je lui accorde une compagnie dans les archers de ma garde, et remets-lui de ma part cette bourse de cinquante écus d'or pour ses frais d'équipement.

Le barbier, le médecin et Tristan s'inclinèrent respectueusement devant le roi.

— Voilà tout ce que je puis faire pour vos protégés, mes bons amis, reprit Louis XI; mais désormais, croyez-moi, ne vous mêlez plus de recommander personne : je me verrais forcé, à mon grand regret, de vous refuser tout net des grâces que je ne puis accorder

à vos loyaux services et à votre dévouement
pour ma personne. Je suis roi avant tout, et
les sentiments de l'homme ne peuvent marcher qu'après les devoirs du souverain.

Louis avait à peine terminé son allocution
que le jeune capitaine des archers de la garde,
Charles de Gaucourt entra donnant la main à
Lucette de la Radière.

Louis contempla quelques moments avec
complaisance ces deux nobles personnifica-
tions de la vaillance et de la beauté, puis re-
prenant un air austère :

— Charles de Gaucourt, dit-il, j'ai été
témoin de votre valeur au siège de Liège, et on
vient de m'apprendre aujourd'hui même votre
loyal refus aux séduisantes offres de mon cousin de Bourgogne. Il faut à ce double acte de
vertu une double récompense. Charles de Gaucourt, je vous nomme prévôt de ma bonne
ville de Paris et je vous accorde la main de Lu-

cette de la Radière, ma pupille bien aimée.

— Ah! sire, que de bienfaits à la fois, s'é-
cria le jeune Gaucourt en se jetant avec Lucette aux genoux du roi.

— Montrez-vous toujours digne, Gaucourt,
du beau titre de gentilhomme et de Français, et
songez bien que dans le poste éminent que je
vous octroye, il vous sera aussi facile de vous
illustrer que sur le champ de bataille. Un bon
magistrat vaut un bon soldat, et la sécurité de
la capitale est la sécurité du trône.

Puis Louis se retournant vers Philippe de
Commines, il ajouta tout bas : Es-tu content,
Commines?

— Sire, répondit le conseiller, vous êtes
un grand roi.....

— Un peu faible quelquefois, mais n'importe! Allons, M. le procureur-général, partez
pour la capitale avec Commines et le nouveau
prévôt : que mon peuple et mon Parlement ap-

prennent, par votre bouche, comment Louis XI emploie ses loisirs à son château de Loches.

Et comme les assistants s'apprêtaient à sortir du cabinet du roi. Olivier-le-Daim s'approcha de Gaucourt et lui dit à l'oreille :

— Gloire à vous, monseigneur, vous venez d'obtenir à la fois une belle place et une belle femme, c'est presque une fille du sang de France que vous avez là !

— Cela peut bien être, messire Olivier, repartit Gaucourt fièrement, mais Lucette n'aurait-elle qu'un laboureur pour père, qu'en touchant la lame de mon épée, elle deviendrait aussi noble que le roi.

Gaucourt alla prendre possession avec sa jeune épouse du poste du prévôt de Paris. Et le zèle qu'il déploya dans des temps difficiles, son courage et ses talents le placèrent au premier rang des magistrats militaires de l'époque.

Guillaume Budé,

Prévôt des Marchands.

— 1499. —

Louis de La Trémouille, le grand capitaine, célébrait dans son splendide et élégant hôtel de la rue des Bourdonnais* le mariage du roi Louis XII et d'Anne de Bretagne qui venait de

---

* C'est ce même hôtel de la Trémouille qui existe en-core aujourd'hui à peu près intact, et qu'un vandalisme cupide veut abattre.

se conclure aux applaudissements de la France entière. La Trémouille n'avait rien négligé pour donner à cette fête tout l'éclat et toute la splendeur dont elle était susceptible. Outre les guirlandes de fleurs qui se mêlaient extérieurement à la mignonne architecture de l'hôtel ; outre les panonceaux aux armes de France et de Bretagne qui se balançaient chargés de myrthes et de lauriers entre les colonnettes du porche et sous les arètes ciselées des fenêtres, on pouvait distinguer dans les salles basses et voûtées du manoir les apprêts d'un festin merveilleux. De longues tables chargées d'amphores de vermeil et d'argent offraient à un double rang de convives, assis sur des escabeaux de chêne sculpté, tout ce que l'art culinaire du temps et les côteaux de la Bourgogne et de la Champagne pouvaient produire de plus délicat. Vingt-cinq pages et autant d'écuyers vêtus avec magnificence s'acquittaient du service des tables, et quatre nains amenés à grands frais de la Bohême se promenaient majestueusement, couverts de leurs longues robes de velours vert et le faucon sur le poing, autour des tables, offrant aux dames des bouquets de lilas, de roses et de tubéreuses qui, dans le langage poétique du temps, signifiaient espérance, abondance et valeur. Cinquante gros flambeaux de cire brûlaient lentement sur d'énormes chandeliers de fer *torné*, et de distance en distance des écailles de tortues renversées et ornées de rubans, de devises et de dentelles, invitaient les dames à puiser dans leur cavité des dragées, des pistaches et des massepains anisés. Monseigneur Louis de la Trémouille avait voulu dépenser, dit-on, à ce festin le revenu de trois années du vaste domaine des porteaux de Bourges que le roi Louis XII lui avait donné pour prix de ses victoires.

La Trémouille avait rassemblé dans son hôtel tout ce qu'il y avait de plus aimable, de plus spirituel et de plus élégant à la Cour du Louvre. La belle marquise des Ursins, qui fut, suivant la chronique du temps, bien près de devenir reine de France; la vidame de Poitiers, cette touchante et naïve *poétesse*, dont les vers patriotiques célébraient avec tant de charme les douleurs et les triomphes de la France; la sénéchale de Froidmanteau, rivale de Jeanne d'Arc et de Jeanne Hachette; le comte de Laon, les marquis de La Ferté-Gaucher et de Châtillon; le chevalier des Andelys, et ce Martin du Bellay, gouverneur de Normandie, prince d'Yvetot, frère de l'illustre Jean du Bellay, qui fut depuis cardinal, se trouvaient au nombre des convives. Louis de La Trémouille, au sein de cette jeunesse ardente, vive et spirituelle, apparaissait comme un lion au milieu d'un essaim d'aigles, d'abeilles et de colombes.

— Ça, messires et mesdames, dit Louis de La Trémouille après avoir porté une santé au roi de France et à sa nouvelle épouse, ne vous semble-t-il pas qu'il manque un convive à ce banquet?

— Qui ne pourrait s'en apercevoir, monseigneur? repartit le comte de Laon. Guillaume Budé a jusqu'à ce jour été l'âme de nos joyeuses réunions, à la chasse, c'est un méléagre ; à la Chambre de retrait, c'est un conteur charmant ; au milieu d'un festin, c'est un disciple fervent de monseigneur Bacchus et de monseigneur Cupidon. Mais c'en est fait, maître Guillaume ne sera plus des nôtres, et s'il a su résister avec tant de persévérance à l'invitation de notre illustre hôte, ce n'est point pour revenir plus tard égayer nos soirées du palais des Tournelles et nos heures de loisir de la galerie du Louvre.

— Budé s'est-il donc fait chartreux? s'écria la belle vidame de Poitiers.

— Il ne s'est pas fait chartreux, répartit le comte de Laon, mais il n'en est pas moins perdu pour nous. Au surplus, belle Laurence, si vous souhaitez avoir quelques détails sur la conversion subite de maître Guillaume Budé, demandez à monseigneur Martin du Bellay que voilà présent; il est l'intime confident de notre ami, et il vous donnera, s'il lui plaît, tous les éclaircissements désirables.

Toute la compagnie s'étant jointe à la vidame de Poitiers, Martin du Bellay s'exprima en ces termes :

— Vous savez, messeigneurs et mesdames, que notre ami Guillaume est le fils unique d'un riche bourgeois de Paris. Son père, comme tous les gens de cette classe, voulut lui donner une instruction capable de le faire briller dans l'Eglise ou dans le Parlement;

mais Guillaume n'en profita guère : la disci-
pline et les noires murailles des collèges de
l'Université ne convenaient pas à son humenr.
Son père mourut, et vingt mille livres tournois de bonnes rentes vinrent affermir notre
jeune homme dans ses idées d'indépendance
et de plaisir. Ce fut dans ces conjonctures que
des rapports de voisinage le lièrent d'une
étroite amitié avec le chevalier des Andelys, le
plus brave des gentilshommes d'aujourd'hui,
mais alors le plus espiègle et le plus turbulent
des pages.

— Grand merci de l'apologie, messire du
Bellay, fit le chevalier en s'inclinant.

—Des Andelys amena parmi nous Guillaume
Budé. Ses manières franches, courtoises, son
caractère, et surtout son esprit, nous le firent
aimer tout d'abord. Nous ne voulûmes pas
nous apercevoir qu'il était roturier, et bientôt
il fut l'âme de toutes nos parties et de tous nos

plaisirs. Nous le conduisîmes au Louvre et au palais des Tournelles, et depuis Alain Chartier, de glorieuse mémoire, on n'avait pas vu un succès d'esprit pareil à celui qu'il obtint.

— Mais nous savons tout cela aussi bien que vous, seigneur du Bellay, interrompit la séné-chale de Froidmanteau ; ce que nous voulons apprendre, c'est le motif qui a déterminé maî-tre Guillaume à se retirer du monde.

— Le motif ? je ne saurais vous l'expliquer, reprit du Bellay, et toutes mes tentatives ont été inutiles pour le tirer de la prison où il s'est confiné.

— De la prison ! exclama des Andelys.

— On peut appeler ainsi, reprit du Bellay, la maison qu'il occupe non loin des fossés de l'abbaye Saint-Victor. Il y a fait porter une quantité prodigieuse de livres et de manus-crits, et cet homme, dont les goûts magnifi-fiques rivalisaient naguères avec ceux des plus

élégants courtisans, s'applaudit du service
d'un seul valet, et se contente chaque jour
d'un repas si frugal, que les Minimes et les
Célestins déserteraient en masse leurs couvents,
si on s'avisait de leur en servir un semblable.
— Maître Guillaume, lui disais-je encore hier
soir, car je suis à peu près le seul de ses
anciens amis qu'il veuille bien introduire dans
son capharnaüm : Maître Guillaume, pourquoi nous quitter? Pourquoi, vous qui êtes si
bien-venu à la cour, si chéri des dames, si
courtisé des grands, faire un si bref divorce
avec le monde! Revenez, Guillaume, revenez,
et votre retour sera salué parmi nous comme
celui de l'enfant prodigue. Il ne me répondait
pas, il paraissait hésiter; je crus alors devoir
redoubler mes prières. Maître Guillaume, lui
dis-je, l'ambition vous a-t-elle poussé au cer-
veau? Eh! bon Dieu, que ne parlez-vous!
Toutes les routes vous sont ouvertes, tous les

obstacles vous seront aplanis : vous avez assez
d'amis et assez de puissance pour arriver aux
premières charges du Parlement ; voulez-vous
entrer dans l'église ? La mitre et la crosse ne
se feront pas attendre. Voulez-vous tâter du
métier des armes, parlez, et vous serez capitaine avant la Saint-Martin. Il y a en France,
mon féal, de la gloire pour tout le monde. —
De la gloire ! répéta maître Guillaume, en me
prenant la main avec force, et en fixant sur
moi des regards flamboyants, de la gloire,
seigneur du Bellay, vous l'avez dit, c'est de la
gloire que je veux acquérir. Non de cette gloire
fausse et aride qui ne brille que pour détruire,
et qui ne règne que sur des ruines ; mais de
cette gloire pure, noble, digne de Dieu et des
hommes, qui prend naissance dans l'amour
de la patrie. Seigneur du Bellay, voilà la gloire
qu'il me faut ; il ne m'est pas permis d'être le
premier gentilhomme de mon siècle, mais

avec l'aide de Dieu, j'en deviendrai le premier
citoyen, et la France s'enorgueillira peut-être
un jour de me compter au nombre de ses enfants. Mais que de travaux pour parvenir à ce
but tant souhaité! Donc, seigneur du Bellay,
ne cherchez plus à me séduire, ne cherchez
plus à raviver dans mon âme des plaisirs que
je ne puis plus goûter, des délassements que
je ne puis plus accepter... Laissez-moi, du Bellay..., laissez-moi tout entier à l'étude, à la méditation; je reparaîtrai un jour, et vous rever-
rez peut-être avec quelque sentiment d'orgueil
l'ancien compagnon de vos futiles prouesses.
Briguez, du Bellay, les trophées de la guerre;
laissez-moi combattre en silence pour gagner
les trophées de la paix.

Et là-dessus, me serrant la main avec affection, il me dit adieu. Je le quittai, non sans ré-
fléchir profondément aux paroles qu'il venait
de prononcer. Voilà, messeigneurs et mesda-

mes, tout ce que j'ai pu apprendre sur les desseins futurs de maître Guillaume.

— Il est évident, dit des Andelys, que notre ami Guillaume veut prendre pour modèle saint Siméon-Stylite, mais, par Dieu, messeigneurs, si vous m'en croyez, nous y mettrons bon ordre. Il ne doit pas être permis à un gai compagnon comme Budé, de s'enterrer tout vif au milieu de Paris, et de nous condamner tous, tant que nous sommes, à la tristesse et à l'ennui.

— J'ouvre un avis, s'écria le comte de Laon, transportons-nous dès demain à la bicoque de maître Guillaume, et faisons-en le siége. Je me tromperais bien si, en voyant tant de visages de connaissance, tant d'illustres admirateurs de son esprit, il ne se déterminait pas à capituler au plus vite.

— Non, non, dit avec impétuosité Louis de La Trémouille, respectons, messires, la re-

traite de Guillaume Budé. Cet homme, croyez-
moi, est appelé à de hautes destinées : ne vo-
lons rien à l'avenir de la France.

— Quel est votre sentiment, belle Laurence? dit le chevalier des Andelys.

— Je pense absolument comme monseigneur
de La Trémouille, répondit la vidame de Poitiers; notre pays possède un grand nombre de
vaillantes épées; laissez croître en silence des
plumes immortelles. Ne vous rappelez - vous
pas, des Andelys, le refrain de ma dernière
ballade :

La France aura pour s'illustrer toujours,
Bravoure, esprit et folâtres amours,

— Nous venons de boire au bonheur du roi
notre maître, dit La Trémouille, et, par conséquent, au bonheur du peuple, dont il est le
père; buvons maintenant, mesdames et messires, à notre ami Guillaume Budé; que Dieu

bénisse ses travaux et qu'il nous revienne un jour chargé de lumières, de connaissances et de vertus. Martin du Bellay, n'oubliez pas de lui transmettre nos souhaits et nos espérances.

Martin du Bellay s'acquitta fidèlement de sa commission, et les prophétiques paroles du grand capitaine affermirent peut-être encore l'héroïque résolution du solitaire des fossés Saint-Victor.

Guillaume Budé se livra avec une ardeur incroyable à l'étude. En moins de trois années, il fit d'immenses progrès dans la langue latine, et acquit, presque sans maître, une connaissance si parfaite de la langue grecque, dit un biographe, qu'au jugement même de Jean Lascaris il peut être comparé aux plus savants Grecs.

Budé, en quittant sa retraite, dont il avait si bien su mettre à profit les instants, se fit recevoir avocat au Parlement. Il plaida onze causes importantes avec un grand éclat; mais, ce qui mit le sceau à sa réputation, ce qui donna à son nom, dans toute l'Europe, une célébrité incontestable, fut son traité *de asse* sur les anciennes monnaies. Erasme, quoique jaloux de l'immense succès de ce savant ouvrage, ne put s'empêcher de nommer Budé le *prodige de la France.* Quelques années après, Budé publia des observations d'une haute portée sur les Pandectes, *annotationes in Pandectas.* L'illustre Dumoulin l'a comblé d'éloges à ce sujet, en l'appelant *la splendeur et l'ornement du royaume, le protecteur et le restaurateur des lois romaines.*

A son avènement au trône, François I*er*, qui aimait à s'entourer de tous les hommes d'intelligence et de vertu, l'appela à la cour et lui donna une charge de maître des requêtes. Le monarque se plaisait avec le savant, et Guillaume profita de sa faveur pour faire ériger,

de concert avec le cardinal du Bellay, ce collège fameux, dont les plus grands ennemis de
François Ier n'ont pu parvenir à obscurcir l'u-
tilité glorieuse, le collège de France, qui con-
serve encore de nos jours, arche sainte et précieuse, toutes les traditions des sciences, des
belles-lettres et de la philosophie.

Budé fut envoyé auprès de Léon X par Fran-
çois Ier, et prit quelque part aux négociations
du fameux concordat. Mais, hâtons-nous de le
dire ici, tout en se pliant aux exigences de la
politique du moment, Guillaume Budé n'en
était pas moins sincèrement attaché aux liber-
tés de l'Église gallicane. S'il ne fut pas assez
influent pour effacer de ce désastreux concordat des clauses onéreuses à la France, il en sut
du moins limiter le nombre. On sait aujour-
d'hui que Budé se refusa constamment à l'en-
voi d'une armée française en Italie, lorsque
cette armée, mise à la disposition du Saint-

Siège, devait assurer au pape une prépondé-
rance subversive des vrais intérêts du royaume.

Comme si tous les genres de gloire devaient
honorer la carrière de cet homme illustre, de
cet excellent citoyen, les bourgeois de Paris,
le nommèrent échevin, puis prévôt des marchands. C'était alors le *nec plus ultrà* de la popularité. Guillaume Budé le savant, l'avocat, le
magistrat, l'ambassadeur, remplit les nouvelles fonctions que l'amour du peuple venait de
lui décerner, avec une touchante et religieuse
sollicitude. Son édilité toute paternelle a laissé
de glorieuses traces dans la capitale de la France. C'est à Budé que la ville de Paris doit l'un
de ses plus beaux quartiers, le faubourg Saint-
Germain, où il jeta les premières maisons; c'est
à lui qu'on dut une meilleure organisation du
guet; le pavage d'un grand nombre de rues et
la construction de quelques édifices d'utilité
commune. Non content de diriger l'utile emni

I.

7

ploi des deniers de la ville, il crut de son devoir d'augmenter par ses propres don. les ressources de sa chère Lutèce. Il fit bâtir *à ses frais trois fontaines* dans des quartiers qui manquaient d'eau. Quelques personnes lui ayant fait observer que chargé de famille il se montrait beaucoup trop libéral : « Les fils aînés d'un premier magistrat d'une ville comme Paris, répondit-il, sont les habitants. Je me dois avant tout à mes concitoyens ; ils m'ont donné beaucoup de gloire, et je leur dois beaucoup de bonheur. »

Guillaume Budé avait dans le cœur, dans le caractère et dans l'esprit tout ce qu'il faut pour conquérir les sympathies générales. Aussi s'il compta parmi les souverains et les grands seigneurs des amis véritables, il ne fut pas moins aimé et respecté des classes bourgeoises et adoré du peuple. Le jour de ses funérailles, plus de cent mille individus se pré-

…tèrent à son logis pour prier sur son cer-
…l, et cette foule immense le conduisit en
s…nglotant et en donnant les marques de la
plus violente douleur jusqu'à l'église de Saint-
Germain, où il fut inhumé.

Budé mourut à Paris le 25 août 1540, à
l'âge de 75 ans. François Ier, en apprenant la
mort de ce grand homme, ne put s'empêcher
de verser des larmes : « La couronne de France
serait trop facile à porter, s'écria le monarque,
si tous les magistrats ressemblaient à mon pauvre Guillaume. » Une année auparavant, lorsque Charles-Quint (1539) passa par Paris
pour aller punir les Gantois révoltés, François
Ier, présentant à l'empereur tous les personnages de distinction de la cour dans la galerie
du Louvre, lui dit en montrant Guillaume
Budé : « Voilà mon prévôt de Paris : mais
regardez-le bien, je vous prie, car il a une
tête d'or. — Je vous envie cette tête, répliqua

agréablement l'empereur ; mais, heureuse-
ment pour moi, les oracles qu'elle rend sont
entendus dans tous les pays du monde. »
Charles faisait ainsi allusion au traité *de Asse*
et aux *Commentaires de la langue grecque*
que Budé venait de faire réimprimer.

La veuve et les deux fils de Guillaume Budé
ayant embrassé le calvinisme quelques années
après la mort de cet homme célèbre, quittè-
rent la France et se retirèrent à Genève. Les
deux fils s'y établirent et s'y marièrent, et aujourd'hui encore le nom de Budé est porté
dans cette ville par plusieurs des plus recom-
mandables familles. Genève est, comme on le
voit, une ville quasi-française, car le nom de
Budé est comme notre drapeau, il doit tout
franciser.

Martin Langlois.

Échevin.

— 1594 —

La Ligue touchait à sa fin. L'éloquent exposé du conseiller au enquêtes Duvair, qui concluait à ce qu'il fût rendu arrêt par lequel tous traités faits où à faire, pour l'établissement de princes ou princesses étrangères, seraient déclarés « nuls et de nulle valeur, comme faits au préjudice de la loi salique et des lois fondamentales du royaume ; et tous ceux qui y prêteront aide, faveur et consentement, déclarés criminels de lèse-majesté, etc. », avait été accueilli par acclamation au sein du Parlement de Paris. L'arrêt fut rendu à une grande majorité, et l'on put dès-lors prévoir que Henri IV ne tarderait pas à ressaisir une couronne dont il était déjà digne par sa clémence et par ses victoires.

Ce mémorable arrêt du 28 juin 1595, que le chancelier de Chaverny attribuait à une inspiration divine, consacra d'une manière irréfragable les droits d'Henri de Bourbon, et vint rendre à la France, sinon sa tranquillité, du moins l'espoir d'un avenir plus heureux.

Quelques historiens , et Voltaire en particulier, ont prétendu que l'arrêt du Parlement
n'avait eu qu'une bien faible influence sur les
événements qui annoncèrent le triomphe dé-
finitif du parti d'Henri IV. Cette opinion est
mal fondée. La cour de Rome, le roi d'Espagne Philippe II, la maison d'Autriche alle-
mande, la maison de Savoie, la maison de
Lorraine faisaient entrer, dit un écrivain ju-
dicieux, dans leurs spéculations, le suffrage
du Parlement en *première ligne*, comme une
condition essentielle et *sine quâ non ;* mais ils
avaient besoin du vœu réel ou apparent de la
nation pour s'opposer à Henri, et il n'y avait
aucun de ces *partis* qui ne se tînt pour assuré
du vœu du Parlement. On peut juger d'après
cela de l'étonnement de tous les partis à l'ap-
parition d'un *arrêt* qui maintenait l'exécution
rigoureuse de la *loi salique*, frappait de nul-
lité *toute élection* d'un roi pris dans une autre

maison que celle de France, et qui flétrissait du crime de *lèse-majesté* quiconque participerait à une pareille élection.

L'abjuration solennelle de Henri IV dans l'église de Saint-Denis, acheva l'œuvre patriotique du Parlement de Paris.

Quoi qu'il en soit, l'arrêt du Parlement et l'abjuration de Henri tranchèrent les difficultés de la situation politique, et réunirent les royalistes jusqu'alors divisés. Dès ce moment, il n'y eût plus que des ligueurs et des royalistes. Le premier parti, dit un historien, se trouvait réduit à quelques milliers d'hommes ou *pervers* ou égarés par un scrupule mal entendu, ou *pensionnaires* de la maison de Lorraine, d'Espagne, de la cour de Rome ou de toute autre puissance qui avait intérêt à entretenir les troubles de la France.

Cette poignée de factieux était cependant re-
doutable. Soutenus par le duc de Mayenne,
appuyés par les troupes espagnoles, wallonnes
et italiennes qui formaient la garnison de
la capitale, encouragés par les frénétiques
sermons de quelques curés de Paris, ils
pouvaient encore renouveler les sanglants at-
tentats de 1593. La sagesse des bons citoyens
devait poser une digue au débordement des
mauvaises passions.

Il s'agissait de sauver la France; il s'agissait
de préserver Paris des horreurs de la guerre
civile : tous les hommes animés du saint amour
de la patrie se rassemblèrent, et des notabilités
du Parlement et de la bourgeoisie travaillè-
rent sans relâche à la délivrance de la capitale.

Les avocats du Barreau de Paris s'étaient
depuis plus de trois siècles placés par leurs

lumières, leur probité et leur patriotisme à la tête de la bourgeoisie. Plusieurs d'entre eux occupaient les principales charges de la cité, et le peuple confondait dans une même vénération et un même amour les conseillers au Parlement et les avocats. Ces personnages d'élite commencèrent et dirigèrent les négociations.

Les mémoires du temps nous ont conservé la physionomie des deux assemblées principales.

La première se tenait chez le conseiller au Parlement Pierre Damours. Pour justifier aux yeux d'un pouvoir soupçonneux les nombreuses visites qu'il recevait chaque soir, Pierre Damours avait fait venir à grands frais dans son hôtel du quai de la Tournelle (depuis hôtel du président de Nesmond), un jeu de billard. On sait que ce jeu, inventé à Florence, avait été mis à la mode par les gentilshommes de

Catherine de Médicis. Un billard existait au
Louvre. Celui du conseiller Damours fut le
second apporté à Paris. Il est bizarre de penser que l'une des plaies populaires de notre
époque soit due au patriotisme d'un grave magistrat.

La seconde réunion se tenait rue Pierre-
Sarrazin, dans la maison de Martin Langlois,
premier échevin de Paris et avocat au Parlement.

Ce Martin Langlois, dit un historien, était
une forte tête, un véritable homme d'État, ne
paraissant pas se mêler d'affaires, allant tous
les jours au Palais remplir ses fonctions d'a-
vocat. Il pratiquait pourtant, par sa prudence
et son habileté, dans tous les quartiers de Paris,
un grand nombre de personnes de toutes qualités pour faire réussir l'entreprise.

L'assemblée, présidée par le conseiller Damours, comptait dans son sein le premier président Lemaître, Edouard Molé, procureur-
général, Guillaume Duvair, Hugues de Ro-
chebrun, Stanislas de Corbcron, Jean-Baptiste
Courtamel, tous conseillers au Parlement.

La réunion de la rue Pierre-Sarrazin se
composait de Martin Langlois, président;
Lhuillier, procureur de la ville; Aure Sam-
toré, Philippe Curmane, Nicolas Gauthier,
André Godard, échevins; de plusieurs colo-
nels et capitaines de quartiers, désignés alors
sous le nom de quartiniers et de dizainiers, et
de la majeure partie des avocats inscrits au tableau. Le nombre des avocats royalistes s'éle-
vait à plus de quatre-vingt-dix, c'est-à-dire aux
deux tiers des membres du barreau.

Le but secret des deux assemblées était de

faciliter par tous les moyens possibles l'entrée de Henri IV dans la capitale. Tous les conjurés, si l'on peut donner le nom de conjurés à des citoyens qui veulent assurer la gloire et le bonheur de leur patrie, s'étaient liés par un serment solennel d'employer tout ce que Dieu leur avait donné de courage et de talent pour mener à bien cette grande et périlleuse entreprise.

Les séances chez le conseiller Pierre Damours avaient quelque chose d'auguste et de grave; chez l'avocat Martin Langlois elles étaient vives et agitées. C'était le Sénat et le Tribunat de la monarchie à naître.

Les deux assemblées réunies avaient formulé les conditions sous lesquelles la *réduction* de Paris devait avoir lieu. On y remarque ce passage, qui prouve la sollicitude éclairée et

prévoyante du Parlement et du barreau :
« L'introduction paisible des troupes, sans aucun dommage aux habitants, de *quelque parti*
qu'ils fussent, ni dans leurs personnes, ni
dans leurs biens ; au contraire, protection solennelle de chacun d'eux, sans acception
de personne, amnistie complète et oubli du
passé. »

L'échevin-avocat Martin Langlois fut chargé
d'aller auprès du roi porter la délibération des
Conseils. Henri reçut le négociateur avec tous
les témoignages que méritait un dévouement
si pur.

« Sire, dit Martin Langlois, je vous apporte
la couronne de France et les clés de Paris :
l'une ne va pas sans l'autre ; mais je vous ap
porte aussi des conditions qu'il vous faudra
accepter, s'il vous plaît : car les Parisiens

veulent un roi, mais ils ne se soucient pas
d'un conquérant, et s'ils consentent à ouvrir
leurs portes, ils ne consentent pas à être traités
en prisonniers de guerre.

« — Mon compère, repartit Henri en tendant la main à l'avocat, pas un de mes che-
veux ne pense à entrer dans Paris par la brèche.
Je vais examiner vos conditions, et ventre-saint-
gris ! il faudrait qu'elles fussent bien dures à
la couronne pour que je ne les acceptasse pas.
Retournez à Paris; dites à vos amis du Parlement et du barreau, dites surtout au peuple,
que Henri de Bourbon est moins un roi qu'un
père, et que s'il désire rentrer dans sa capitale, c'est moins pour s'asseoir sur un trône
que pour se reposer au milieu de ses chers
sujets des fatigues d'une guerre déplorable. »

Langlois revint à Paris, et les paroles du

roi furent en un instant le texte de toutes les conversations du Palais et de la ville.

Cependant, les négociations s'entamèrent presque immédiatement. Henri chargea Despinay Saint-Luc de le représenter, et les Parisiens nommèrent pour le même objet le comte de Brissac, gouverneur de la ville.

Le choix des deux négociateurs n'était pas dû au hasard. Despinay Saint-Luc et le comte de Brissac étaient en procès depuis long-temps. Le Parlement venait de nommer un arbitrage composé de *quatre avocats*, et à l'occasion de cet arbitrage, Despinay se rendit à Paris avec les passe-ports nécessaires. On désigna pour le lieu de la conférence l'abbaye Saint-Antoine, et les deux plaideurs s'y trouvèrent avec leurs avocats. On se doute bien que pendant que ceux-ci étaient occupés à discuter les intérêts des parties, Saint-Luc et Brissac s'entretenaient d'intérêts bien plus impor-tants. Ce fut à la faveur de ces entrevues secrè-tes que les articles de la reddition de Paris furent arrêtés. Dans une dernière assemblée tenue le 19 mars 1594, où se trouvaient les principaux membres de la réunion Damours et Langlois, on acheva la rédaction générale de l'acte de reddition. Le 20 mars au matin, le premier président Lemaître recevait la ratifica-tion du roi.

Le roi prit jour au 22 mars, à quatre heu-res du matin, pour son introduction dans Paris.

Toutes les mesures prises, tous les prépara-tifs terminés, l'avocat Langlois, l'âme de cette généreuse conspiration, rassembla les avocats dans une des galeries souterraines du Palais-de-Justice pendant la soirée du 21.

—Mes chers confrères, leur dit-il de cette voix forte et vibrante qui l'avait fait surnommer au Palais le *Memnon*, vous avez déjà tous donné bien des gages à l'amour de l'ordre et au respect des lois, mais votre tâche n'est pas entièrement accomplie. Il ne s'agit plus de parler aujourd'hui, il faut agir. Demain, notre roi légitime, Henri IV, se présentera avec son armée aux portes de Paris, et Paris, vous le savez, est occupé par six mille hommes et plus de troupes wallonnes, espagnoles et piémontaises. Pour éviter une collision fâcheuse, peut-être une action sanglante, je pense que les bons citoyens doivent s'armer afin d'imposer à la soldatesque étrangère et de la réduire à l'impuissance de rien entreprendre contre les troupes du roi. Mes chers confrères, *cedant arma togœ*, mais quand le salut de la patrie l'exige, la toge doit céder aux armes. Je vous préviens donc que demain je me trou-

verai à cette même place avec plusieurs capitaines de quartiers sous mes ordres. Que ceux
d'entre vous qui désireront suivre mon exemple veuillent bien s'inscrire sur ce registre, à
cette fin que je puisse leur confier les com-
mandements que ma qualité d'échevin de la
ville me mettra à même de leur donner.

Soixante-dix-huit avocats étaient présents,
soixante-quinze s'inscrivirent sur-le-champ.
Les trois qui n'ajoutèrent pas leurs noms à
ceux de leurs confrères avaient plus de quatre-
vingts ans. C'étaient : Ange Dalibon, Pierre
Lerognard et Sébastien du Tiolet. Encore ces
bons vieillards demandèrent-ils avec instance
d'être employés à quelque mission en harmo-
nie avec leur faiblesse. Langlois les commit au
soin de faire distribuer dans les rues et carre-
fours, par les clercs de la Basoche, mis en
réquisition à cet effet, des billets imprimés et
ainsi conçus :

« *De par le roi, grâce, amnistie et oubli
du passé*, avec défense à tous ses procureurs-
généraux, leurs substituts et autres officiers,
d'en faire aucune recherche à l'encontre de
quelque personne que ce soit, même à ceux
appelés vulgairement les *Seize*, promettant
Sa Majesté, en foi et parole de roi, vivre et
mourir en la religion catholique, apostolique
et romaine, et de conserver tous ses dicts sujets et bourgeois de ladite ville de Paris en
leurs biens, privilèges, états, dignités, offices
et bénéfices, etc. »

Jamais peut-être le Palais-de-Justice n'avait
eu sous ses voûtes une scène aussi touchante,
aussi dramatique que celle qui se passait alors.
C'était à qui saisirait le premier la plume pour
tracer son nom sur le registre. Un jeune avocat, dont l'histoire ne nous a pas conservé le
nom, ne pouvant pas signer assez vite à son

gré, la plume appartenant d'abord aux anciens, ramassa un petit morceau de bois, se fit une blessure à la main, et de cette plume et de cette encre improvisées écrivit son nom sur la liste.

Tous furent exacts au rendez-vous de l'honneur. Le 22 mars, à trois heures du matin, les soixante-quinze avocats du Barreau de Paris entouraient Martin Langlois, dans le vestibule de la salle Saint-Louis, d'où l'on devait se diriger sur plusieurs points de la capitale.

— Des armes! des armes, maître Langlois! s'écriaient les jeunes avocats, pensez-vous à nous donner des armes?

— J'ai songé à tout, mes jeunes confrères, répondit l'échevin, et je vais vous le prouver.

A un signal de Langlois, la porte de la ga-

lerie qui donnait sur la cour Dauphine s'ouvrit avec fracas, et on vit entrer les échevins,
les quartiniers et les dizainiers de Paris, tous
armés jusqu'aux dents Plusieurs valets de
ville, tenant à la main des torches allumées,
précédaient des hommes chargés d'épées,
d'espingoles, de hallebardes, de piques et
même de framées (ancienne arme des Francs).
Ces armes avaient été extraites des caveaux
du Palais, où la plupart étaient enfouies depuis le procès des Templiers et les troubles
du règne du roi Jean.

Chacun s'arma à la hâte, chacun s'empara
des armes qui lui convenaient le mieux ; quelques avocats se revêtirent de cuirasses, d'autres se contentèrent d'une simple épée ; tous
arborèrent les couleurs de la nation. Martin
Langlois s'arma le dernier ; une épée d'une
effroyable dimension lui resta : « Mes amis,

s'écria-t-il gaîment, voici une vieille épée de
Bouvines qui a sans doute appartenu à quel—
que vaillant chevalier, avec l'aide de Dieu, je
m'arrangerai de façon à ce qu'elle ne s'aper—
çoive pas qu'elle ait changé de main. »

C'était un spectacle curieux que de voir ces
hommes aux habitudes simples et paisibles,
aux formes graves et austères, transformés
tout à coup, le pot en tête et le glaive à la
main, en soldats indomptables. Mais tel est
l'heureux privilège de notre nation, que
l'odeur de la poudre, le reflet de l'acier, le
son du tambour suffisent pour créer une milice ardente, valeureuse, intrépide. Les avocats de 1594, étaient les dignes devanciers des
avocats de 1794 qui, sous les noms de Joubert,
de Moreau, de Meunier et de Vial, apportè-
rent un tribut de lauriers si splendide sur
l'autel de la patrie.

Martin Langlois distribua les postes, con-

féra les grades, expliqua les consignes avec
une présence d'esprit, un sang-froid, et surtout un tact plein de convenance et de délicatesse. Il mit à la tête de chaque troupe six avocats et un échevin ou un quartinier. Ces troupes, composées de trente, quarante, et même
soixante et quatre-vingts hommes, avaient
l'ordre de s'emparer de tous les postes occupés
par les troupes espagnoles, wallonnes et piémontaises. « Et maintenant, mes chers compagnons, dit en terminant l'avocat-échevin
Langlois; maintenant que nous allons, par
notre démonstration armée, ramener le calme et le bonheur dans notre chère ville de
Paris, le cœur et la tête de la France, n'ou-
blions pas, si nous rencontrons dans notre
chemin des frères, des compatriotes encore
égarés, de fermer les yeux... Une goutte, une
seule goutte de sang français ne doit pas cou-
ler aujourd'hui... Mais si les soldats étrangers,

si les satellites des princes qui depuis long-
temps nous dévorent et nous humilient faisaient mine de vouloir s'opposer à nos desseins... mes compagnons, vous êtes Français,
vous avez des armes, et vous savez ce qui
vous resterait à faire... Triomphe au bon
droit, à la justice, et vive la France !...

—Vive la France! répondirent les assistants,
et tous se précipitèrent sur les pas de leurs
chefs en brandissant leurs épées.

Les diverses troupes se séparèrent en silence sur le Pont-au-Change. Martin Langlois
avait choisi le poste le plus difficile et le plus
périlleux, celui de la porte Saint-Denis.

Suivi de vingt avocats les plus jeunes et
les plus ardents, de trente clercs de la Basoche, de vingt-quatre capitaines de quartiers, il
arriva sur les remparts. A son approche, le

poste des soldats espagnols prit les armes et parut enclin à disputer le passage. Martin Langlois s'avança rapidement vers eux, les culbuta; d'un coup de pistolet fit sauter la ferrure de la porte, et laissa ainsi le passage libre à Vitry, l'un des généraux de Henri IV, qui campait dans le faubourg, à la tête de six escadrons de cavalerie et de trois régiments d'infanterie.

Au même instant la porte Saint-Antoine était enlevée aux soldat wallons par l'avocat Claude Charencebaud, assisté de l'échevin de la Hure; la porte Saint-Honoré, par l'avocat Duhaumèt, et l'échevin Côme Saladier; la porte Montmartre, par l'avocat Duplessis, assisté du capitaine de quartier Hocquet. L'abbaye Saint-Germain-des-Prés, l'abbaye Saint-Martin, les couvents et les monastères qui pouvaient devenir des foyers d'insurrec-

tion et de désordre, étaient simultanément en-
vahis par les bourgeois, que les avocats et les
dignitaires de la ville conduisaient.

Les mesures furent si bien calculées de part
et d'autre, qu'au jour et à l'heure indiqués,
les troupes du roi, et le roi lui-même, étaient
au milieu de Paris avant que les *meneurs* de
la ligue, dit un historien, en eussent le moindre soupçon. Les habitants se réveillèrent aux
cris de *vive le roi!* et à dix heures du matin
la ville était aussi tranquille que s'il n'y avait
jamais eu de troubles.

On remarqua que le roi entrait dans Paris
par la même porte que Henri III en était sorti.

Dans le trajet de la barrière à Notre-Dame,
où le roi s'empresa de se rendre, Henri remarqua l'avocat Martin Langlois qui, à la

tête de sa troupe, laissait éclater les plus vifs témoignages d'allégresse. Henri l'appela.

— Messire Martin Langlois, lui dit le roi, je n'oublierai de ma vie les marques de dévouement que vous m'avez données aujourd'hui.

— Sire, répondit Langlois, je n'ai ni plus ni moins fait que tous ces braves et honnêtes personnages qui m'entourent.

— Quels sont-ils, dit le roi?

— Sire, ce sont les avocats du barreau de Paris.

— Messieurs les avocats de Paris, fit le roi en saluant affectueusement les jurisconsultes sous les armes, je vous remercie; c'est entre nous désormais à la vie à la mort.

— Vive le roi! s'écria l'Ordre tout d'une voix.

— Vivent les avocats et les bourgeois de Paris, dit Henri aussitôt. Et, se retournant vers le comte de Brissac, gouverneur de Paris, qui était à cheval à sa droite : M. de Brissac, lui dit-il, je suis le plus heureux des rois, car je suis aimé de la fleur de ma noblesse et de la fleur de ma bourgeoisie.

Le Parlement de Paris et le Barreau

PENDANT LA PESTE DE 1596.

Au commencement de l'année 1596, à la
suite d'un hiver rigoureux, de pluies conti-
nuelles, d'inondations et de débordements
de rivières qui avaient causé une affreuse di-
sette, les pauvres habitants des campagnes à

trente lieues à la ronde vinrent par milliers se
réfugier à Paris dans l'espoir d'y trouver des
secours. « Les rues de Paris, dit le journal de
Henri IV, se voyaient pleines de processions
de pauvres qui affluaient de tous côtés, si
qu'on faisait compte que depuis trois jours il
est entré dans Paris jusqu'à dix mille (ce
nombre atteignit vingt-cinq mille huit jours
après), chose pitoyable à voir. »

Ces malheureux parcouraient pendant le
jour les rues par bandes de trente ou quarante individus, vieillards, femmes et enfants;
et faisaient retentir les airs de lamentables
supplications; la nuit, ils se rassemblaient
sous le porche des églises, sous les voûtes du
charnier des Innocents, dans les échoppes
des marchés aux œufs et aux poissons, et là,
ils s'entassaient les uns sur les autres, comme
de vils animaux, pour se garantir du froid ou

de la pluie. C'était un hideux spectacle que de
contempler tant de créatures humaines livrées
à toutes les horreurs de la faim, et à tous les
maux qu'entraînent après elles la misère et la
malpropreté.

L'énorme affluence de ces mendiants, qui
se concentraient dans des rues étroites et res-
serrées, dit un auteur, corrompit l'air au
point de le rendre pestilentiel. La contagion
embrassa bientôt la surface de la capitale et
toutes les classes d'habitants ; la mortalité devint universelle et d'une rapidité effrayante.
Tous les états furent dépeuplés, les boutiques et
les ateliers fermés, les audiences suspendues,
et il n'y avait pas une maison qui n'eût à pleurer quelque perte.

Le fléau sévit principalement dans les rues
qui avoisinaient le Palais-de-Justice ; les rues

de la Calendre, des Marmouzets, des Ursins perdirent en quelques semaines plus de trois mille habitants. Dans la rue de la Barillerie, on vit enlever dans l'espace de trois jours sept cents cadavres. La désolation, la peur, la consternation régnaient partout. Comme dans toutes les calamités publiques, les malfaiteurs se montrèrent avec audace et se mirent à piller impunément les maisons veuves d'habitants ou qui ne contenaient que des morts ou des mourants. Un régiment suisse qui s'était dévoué à la garde de la capitale empêcha bien des crimes ; mais ces braves soldats décimés eux-mêmes par la peste, ne pouvaient pas être en tous lieux, et une foule d'atrocités signalèrent la marche du fléau.

Les citoyens riches, les familles opulentes abandonnèrent Paris et coururent se séquestrer dans leurs métairies ou leurs châteaux.

La noblesse et le haut clergé suivirent cet exemple; mais le Parlement, toujours fidèle à ses devoirs, toujours attaché par-dessus tout au titre glorieux de *tuteur du peuple*, annonça hautement qu'il ne quitterait pas son poste.

Comme pendant l'épidémie de 1348 (deux cent vingt-six ans auparavant), les magistrats faisant face à l'ennemi, se lièrent par une délibération unanime, du 12 juin 1596, prise les Chambres assemblées, à rester à leur poste, sans désemparer, en demandant pour toute grâce au roi qu'en cas de décès, l'office du magistrat, mort victime de son devoir, fût conservé dans la famille, et à la disposition de la veuve ou des héritiers. Le Parlement sollicita la même grâce pour les officiers ministériels qui se dévouaient au même sacrifice.

Cette requête était ainsi conçue : « Que le

roi sera très humblement supplié d'accorder
aux présidents, conseillers, et autres officiers
de ladite Cour, que, en cas qu'ils décèdent en
cette ville en la présente année, leurs états et
offices soient et demeurent à leurs veuves et
héritiers, pour les faire mettre au nom de
personnes capables et de la qualité requise. »

Jean de la Guesle, président à mortier; Renard de Montreuil et Toussaint de la Vallée,
conseillers, portèrent cette requête au roi
Henri IV, qui était alors à Fontainebleau
avec la cour.

Le roi reçut avec de vifs témoignages d'intérêt la députation du Parlement de Paris.
Non-seulement il accueillit favorablement la
supplique, mais encore il voulut que les trois
parlementaires eussent les honneurs de la
cour. Il les fit dîner à sa table, les combla de

louanges, et leur dit en les quittant : « Je n'oublierai jamais, messieurs, la conduite de mon Parlement de Paris dans cette triste circonstance. Dites-bien à vos collègues que je saurai reconnaître un jour, en père et en roi, le bel exemple qu'ils donnent aux magistrats de mon royaume. »

Puis, se retournant vers les courtisans : « Messieurs, ajouta le roi, le courage de nous autres soldats n'a rien de bien merveilleux ; car le sang français coule dans nos veines , et l'espoir du triomphe ôte à la mort ce qu'elle a de hideux ; mais attendre cette mort sur un siège de judicature, la braver à toute heure au milieu d'une ville empestée, voilà le comble de la grandeur et de l'héroïsme. Désormais pour apprendre à bien vivre et à bien mourir, il faudra contempler mon Parlement de Paris. »

L'éloge n'était que juste et il fut mérité. L'intrépidité du Parlement ne fut pas un courage d'ostentation et de parade, et l'événement vint justifier les paroles du monarque.

La contagion s'étendant de jour en jour, sema la mort dans les rangs de la magistrature et du barreau, qui avait voulu, comme toujours, suivre les destinées du Parlement. Vingt-six conseillers succombèrent; dix-sept magistrats de la plus haute classe, parmi lesquels on comptait le lieutenant civil Séguier, quatre Montholon, un de Thou, deux de Harlay, et quelques autres non moins illustres, furent moissonnés dans l'espace de trois mois. Le barreau éprouva le même ravage, et vingt-deux avocats de la plus grande considération et de la plus heureuse espérance périrent de la même manière.

L'illustre Achille de Harlay, premier pré-

sident du parlement, donna un éclatant et
nouveau témoignage de son amour pour la
patrie et de sa religieuse fermeté. Chaque
jour, les audiences terminées, il se promenait
sur sa mule dans Paris, entouré de quelques
conseillers et suivi d'un grand nombre de serviteurs *. Les quartiers, les rues les plus mal-

* La grandeur d'âme et les vertus civiles étaient de
tradition dans le Parlement de Paris En 1581, Paris fut
affligé d'une affreuse contagion qui enleva en six semaines plus de 40,000 personnes. Les audiences furent suspendues, les boutiques fermées, les églises interdites;
les bourgeois aisés se réfugiaient dans les campagnes,
laissant la capitale en proie à la peste et aux voleurs, qui
pillaient sans crainte du guet.

Au milieu de ce désastre, le premier président Chris-
tophe de Thou donna une grande preuve de courage et
d'attachement à ses devoirs. Il ne voulut jamais, disent
les mémoires du temps, abandonner ses concitoyens;
même pendant les *vacations*, qu'il avait coutume de
passer à la campagne. Il se promenait tous les jours en
carrosse dans les rues; et, quelques prières que lui fis-
sent ses parents et ses amis pour l'engager à *changer
d'air*, ils n'y purent rien gagner; il leur disait, d'après
Martial, que la mort n'est exilée d'aucun lieu, et qu'elle

traitées par l'épidémie étaient choisis de pré-
férence. La vue de ces généreux magistrats
inspirait au peuple la résignation et la confiance ; on se pressait autour d'eux, on baisait
leurs robes, on les comblait de bénédictions,
et on croyait à un meilleur avenir en les voyant
si calmes et si tranquilles au milieu des sépul-
cres entr'ouverts.

Une correspondance inédite de cette époque désastreuse nous a laissé un touchant épi-
sode de ces promenades du premier président
au milieu de Paris désolé. Nous allons le citer
en nous efforçant de lui conserver son tour
naïf et ses expressions pittoresques :

« Une après-midi, après l'heure des plaids,

pénétrait aussi bien à *Tivoli* qu'en *Sardaigne*. Certes,
l'histoire des Grecs et des Romains n'offre pas de plus
belles actions, de plus nobles conduites à l'admiration
des hommes.

M. le premier président, selon sa coutume,
monta sur sa mule et quitta le Palais en tirant
vers le Pont-aux-Changeurs. On lui avait dit le
matin que la rue Saint-Denis, qui jusqu'alors
n'avait pas été grandement maltraitée par la
peste, n'avait rien perdu pour attendre :
soixante-onze personnes y étaient mortes dans
l'espace de vingt-quatre heures, et le clergé
de Saint-Leu, ainsi que celui des Saints-Innocents et de Saint-Magloire, ne pouvait suffire à enterrer tant de gens à la fois. Le peuple
dans ce quartier était saisi d'une frayeur non
pareille. M. le premier président résolut donc
d'aller visiter ce quartier, et y alla; mais à peine
avait-il franchi, lui et les siens, la porte du
Châtelet, que voilà les quartiniers et les dizainiers de cette partie de la ville qui viennent à
lui. N'allez pas plus loin, monseigneur, lui
dirent-ils, il y a foule au cimetière des Innocents : les cercueils y entrent à la file, et les

émanations de tous ces morts et de tous ces
vivants peuvent vous être funestes; rebroussez
chemin. — Mes amis, répondit M. le premier
président en poussant sa mule en avant, s'il
n'y avait point quelque danger à courir, je ne
viendrais point parmi vous. La place du premier président du Parlement de Paris est partout où le péril se montre, et je ne fais ici que
mon devoir. Prions Dieu qu'il nous fasse miséricorde, et ne nous décourageons pas, car
nous sommes chrétiens et nous sommes Français. Là-dessus il avança plus vite, et il fut
suivi par les dizainiers, les quartiniers et un
grand nombre de bourgeois et de populaire
qui ne cessaient d'admirer sa contenance assurée et sa bonne mine.

« On n'avait point trompé M. de Harlay,
l'entrée du cimetière des Saints-Innocents était
obstruée par tous les cercueils, qui avaient

chacun à leur suite les parents et les amis des
défunts. C'était à qui entrerait le premier pour
se débarrasser de ces dangereux fardeaux, et
les valets d'église de Saint-Leu, de Saint-Magloire et de Saint-Merry augmentaient le trou-
ble en se disputant les honneurs du pas. L'arrivée de M. le premier président mit un terme
à toutes ces folles contestations, et sa parole
austère, son regard d'aigle firent bien plus
que les exhortations des bourgeois et les jure-
ments des Suisses. Après avoir mis ordre à
toutes ces funérailles, M. le premier président
et son cortège remontèrent la rue Saint-Denis
jusqu'à la rue Grenétat qu'ils prirent pour dé-
boucher dans la rue Saint-Martin. Au milieu
de cette rue Grenétat une jeune fille fort belle,
échevelée et en larmes, vint se jeter aux genoux
de M. de Harlay. M. le premier président s'arrêta tout court, et cette jeune fille, au milieu de
pleurs et de sanglots, lui apprit qu'elle venait

de perdre dans la même journée son aïeul ,
son père, sa mère et un frère aîné qu'elle avait,
et qu'il ne lui restait ni pain , ni ressources.
M. de Harlay fut visiblement ému d'une si
grande infortune dans un âge si tendre; il con-
sola la jeune fille en lui adressant des paroles
affectueuses et paternelles, lui promit de s'in-
téresser à son sort, et la fit monter en croupe
derrière un de ses plus vieux serviteurs. Le soir
même , M. le premier président la faisait entrer , moyennant finance, au couvent des re-
ligieuses du Saint-Sacrement , et lui assurait,
par un acte authentique , de quoi subvenir à
ses besoins tout le reste de ses jours, soit
qu'elle voulût rester dans le cloître, soit qu'elle
désirât rentrer dans le monde. »

Il ne se passait guères de jour sans que de
pareils bienfaits de M. le premier président
vinssent édifier et réjouir la population de la

capitale : et il n'était pas le seul à vaquer à ces
œuvres de miséricorde et de charité.

Non, certes, le premier président n'était
pas le seul à braver la mort, à partager avec
les affligés le pain et le vin de sa table, les deniers de son épargne. Tous les magistrats suivirent l'auguste exemple de leur chef; tous, à
très peu d'exceptions près, prodiguèrent leurs
existences et leurs fortunes sans hésitation et
surtout sans orgueil. Tandis qu'une commission de douze conseillers au Parlement se tenait *constamment* à l'Hôtel-Dieu, pour régula-
riser les secours, plusieurs de leurs collègues
parcouraient la ville avec des voitures de pain,
de vin et de médicaments, entraient dans les
maisons, s'informaient du nombre et des ressources des malades, et ne sortaient d'aucune
sans avoir laissé des traces de leur libéralité
et de leur évangélique charité. Parmi ces hom-

mes infatigables, parmi ces apôtres intrépides
de l'humanité, on remarquait Jacques de la
Guesle, le même qui était allé à Fontainebleau
porter au roi la supplique du Parlement, Jérôme de Nacqueville qui fut depuis premier
président, et qui n'était alors que jeune conseiller aux enquêtes : Jean Bochard de Champigny, qui fut aussi premier président, alors
conseiller aux requêtes, et cet illustre Louis
Servin, grand citoyen, grand magistrat,
grand orateur, qui vécut comme Bossuet et
qui mourut comme Turenne, au champ d'honneur, en défendant les droits et la liberté de la
nation *.

Jacques de la Guesle avait fait de son hôtel

* En 1626, Louis XIII vient au Parlement tenir un lit
de justice pour faire enregistrer plusieurs édits bursaux.
Louis Servin, devenu avocat-général, développait aux
yeux du roi tous les inconvénients de cette nouvelle
exaction, lorsqu'il tomba subitement frappé d'apoplexie,
presque aux pieds du monarque. Le savant Bougier, con-

une succursale de l'Hôtel-Dieu. Cent vingts lits avaient été dressés par son ordre dans ses salons, ses bibliothèques et son cabinet. Il s'était réfugié avec ses livres dans les greniers de son hôtel, et en descendait plusieurs fois par jour pour inspecter le service de ses malades.

Jérôme de Nacqueville vendit une terre qu'il possédait aux environs de Paris, et en appliqua exclusivement la somme aux malheureux frappés de l'épidémie. Il entrait chez les artisans qui lui étaient signalés comme les plus nécessiteux, s'enquérait de leur position, et se retirait sans s'être fait connaître, et après avoir glissé sur le lit du malade trois, quatre

seiller en la Grand'Chambre, composa sur cette mort les beaux vers suivants :

Servinum una dies pro libertate loquentem,
Vidit, et oppressa pro libertate cadentem.

ou six pistoles, selon les besoins et le nombre des membres de la famille.

Jean Bochard de Champigny vendit jusqu'à son carrosse et ses chevaux pour soulager les misères de son quartier. Un de ses oncles mourut à cette époque et lui laissa une somme de 50,000 livres en écus. Bochard la distribua en l'espace de quelques jours, et se trouva réduit à emprunter cinquante pistoles pour achever de payer sa charge un mois après cette succession.

Louis Servin fit venir des sacs de farine et de maïs du midi de la France, les fit distribuer chez les divers bourgeois de Paris, et confia à l'évêque le soin de faire la répartition quotidienne des pains qui lui appartenaient; il donna en même temps à un droguiste de la rue des Lombards, nommé Cognant, une

somme de 6,000 livres pour fournir des drogues et des médicaments à tous ceux qui se
présenteraient chez lui, sans distinction d'é-
tat, de paroisse et même de croyance.

On ferait un énorme volume des grandes
et belles actions du Parlement de Paris pendant cette seule période de temps ; et si l'on
réfléchit qu'un très petit nombre de ces bienfaits ont été divulgués par ceux qui en ont été
les objets, si l'on considère que le mystère le
plus absolu régnait dans les transactions du
protecteur et du protégé, qui souvent ignorait la qualité de la main qui le sauvait, on se
fera une idée des bienfaits répandus incognito
par le Parlement de Paris, en 1596, sur la
population de cette ville. Vély a dit quelque
part que la peste de 1596 avait plus coûté au
Parlement qu'à l'État : les registres de la ville
de Paris ne font monter les dépenses, pen-

dant toute la durée de l'épidémie, qu'à 1 million 576 mille livres, et, ajoute Vély, il est de notoriété publique que la Grand'-Chambre a seule dépensé plus de 800 mille livres pour le soulagement du peuple ; or, la Grand'-Chambre ne formait qu'un peu plus du tiers du Parlement de Paris.

Mais si le Parlement s'attira de nouveau, dans cette circonstance fatale, la reconnaissance et la sympathie des habitants de Paris, une classe de simples citoyens ne mérita pas moins que les magistrats la gloire de passer à la postérité la plus reculée. Nous avons dit que les avocats seulement avaient déclaré qu'ils ne quitteraient pas le poste du péril ; ils tinrent parole : sur deux cent quatre-vingt-six inscrits sur le tableau, vingt-trois oublièrent la sainteté d'un serment et la noblesse d'un sacrifice civique, tout le reste ne

bougea point de Paris. Il était beau de voir
chaque jour ces nombreux avocats se prome-
ner dans la grand'salle en attendant les audiences (car plaidant ou ne plaidant pas, on
se faisait un point d'honneur de paraître au
milieu de ses confrères), et se presser avec affection autour des présidents et des conseillers, lorsque ceux-ci quittaient les audiences
et s'en retournaient chez eux. « J'ai eu hier
les larmes aux yeux, écrivait Gomez da Sylva,
secrétaire de l'ambassadeur d'Espagne, au
duc de Medina-Celi, en voyant dans la grande
cour du Palais les avocats et les conseillers au
Parlement se quitter pour vingt-quatre heures : c'était hier samedy, et ils ne se verront
plus que lundy; et en vingt-quatres heures,
tant de ces bonnes personnes, déjà âgées et
usées par le travail, peuvent si bien mourir !
On s'embrassait, on se baisait à qui mieux
mieux; enfin les présidents et les plus vieux

conseillers ont monté sur leurs mules et ont pris la route du logis, non sans dire adieu de la main et avec une mine souriante à tous ces avocats qui les conduisaient des yeux, avec un intérêt tout tendre et tout filial. Les jeunes avocats se faisaient surtout remarquer par leur zèle et par leur respect : quand M. de Harlay, le premier président, a descendu les degrés du Palais, il en avait plus de soixante à sa suite. Jamais général d'armées n'a été l'objet de tant de vénération, et jamais la vertu n'a eu tant de motifs pour se croire, dès cette terre, arrivée au ciel. »

Il est fort douteux que Gomez da Sylva écrivît la même relation aujourd'hui, s'il revenait au monde et à Paris.

La conduite des avocats hors du Palais ne différa en rien de celle des conseillers au Parlement; ils firent tous beaucoup de bien, tous

ils ouvrirent à l'indigence des maisons de re-
fuge, de travail ou de convalescence ; mais ce
que les historiens ont négligé de faire connaître, et ce qu'une lecture attentive des docu-
ments que nous avons eu entre les mains nous
a prouvé, c'est qu'en 1596, l'Ordre des avocats improvisa, pour la sûreté du Palais, du
Parlement et de la Cité, une espèce de batail-
lon sacré dont le bâtonnier était le capitaine,
et dont le premier président était le général.
Chaque compagnie était de cinquante hommes, et le temps de son service était fixé à une
semaine. Les avocats soldats étaient armés
uniformément de lances, de sabres et de piques, qui se trouvaient et qui se trouvent probablement encore dans les caveaux de la
Sainte-Chapelle, et près de la galerie qui cor-
respond des caves aux souterrains du Palais.

Cette milice rendit les plus grands services

au Parlement et à la ville, et produisit sur le
moral des populations un excellent effet. Le
jour, les avocats de service plaidaient comme
les autres; la nuit, mêlés aux braves soldats
suisses, que leur exemple électrisait, ils faisaient des patrouilles ou se tenaient dans la
cour de la Sainte-Chapelle autour d'un grand
feu constamment allumé pour purifier l'air
infecté par les bicoques de la rue de la Barillerie. L'avocat Hotman *, qui commandait un

---

* Antoine Hotman avait été avocat-général durant la
Ligue, et du nombre des hommes d'esprit qui s'étaieut
laissé égarer par l'illusion d'une fausse doctrine. Dans son
système, dit un biographe, la succession à la couronne
n'appartenait pas à Henri IV, mais bien à son oncle,
Charles de Bourbon (cardinal), sous le prétexte qu'en
matière de succession l'oncle était préférable au neveu.
Il publia un ouvrage consacré au soutien de ce système.
Ce livre, qui était anonyme, fut réfuté à Strasbourg par
François Hotman, qui ne se doutait pas qu'il écrivait
contre on frère, Mais après la mort du fantôme de roi
(cardinal de Bourbon), l'obstacle qui avait séduit Hotman n'existant plus, il se hâta d'abandonner le pacte de

jour ce poste, fit une sortie contre une troupe
d'assassins et d'incendiaires armés de torches
et de piques. Les bandits croyaient avoir bon
marché des avocats, mais ils avaient compté
sans leur hôte : les avocats les repoussèrent,
en tuèrent même quelques-uns, et les soldats
suisses achevèrent une défaite qui débarrassa
Paris d'une bande de misérables qui espéraient, par l'incendie et le sac du Palais, se
rendre maîtres des principaux quartiers de la
capitale.

C'est à cette occasion que les avocats reçu-
rent du président Achille de Harlay cette devise que Beaumarchais a indignement paro-
diée dans son *Barbier de Séville* : CONSILIO
MANUQUE.

la ligue, et devint un des plus zélés partisans de la cause
de Henry IV.

Hotman était, comme on vient de le voir, un homme
de cœur et de courage ; il devait se ranger sous la bannière de Henri IV.

Maître Nicolas Lepetit.

Échevin de Paris.

— 1610. —

Une mule vigoureuse et proprette, chargée de deux cavaliers, l'un vieux et cassé, l'autre jeune et d'une beauté remarquable, s'arrêtait, le 3 décembre 1601, devant le logis de maître Nicolas Lepetit, un des plus célèbres membres

du barreau de Paris, et bâtonnier, pour cette
présente année 1601, de l'ordre très illustre
des avocats. Le jeune homme abandonna les-
tement la croupe, et reçut dans ses bras le
vieillard, dont un lourd balandras ralentissait
encore les mouvements. Après avoir recommandé le soin de leur monture à un serviteur
qui les suivait à pied, les deux cavaliers frap-
pèrent discrètement à la porte bâtarde de l'a-
vocat.

La maison de maître Nicolas Lepetit était
située à l'angle de la rue de la Licorne en la
Cité. Déjà les plus jeunes membres de l'ordre
avaient été porter leurs pénates dans le beau
quartier d'alors, celui de l'Université, au-delà
des ponts ; mais maître Lepetit, qui se piquait
d'être l'ennemi des innovations et l'apôtre inébranlable des vieux us du barreau, après avoir
fulminé contre cette tendance universelle de

sévères mercuriales, s'était retranché invinci-
blement dans sa maison de la rue de la Licorne; s'efforçant ainsi de ramener, par son
exemple comme par ses paroles, les brebis in-
dociles qui s'éloignaient du bercail. Au reste,
la maison de maître Nicolas, quoiqu'ancienne,
puisqu'elle datait déjà de l'année 1375 et du
règne de Charles V, était commode et spa-
cieuse. L'avocat y avait établi une riche bibliothèque, fruit de quarante années de soins et
de recherches; un vaste parloir, salon de l'é-
poque, occupait une partie du rez-de-chaussée.
Et dans un terrain limitrophe de sa maison et
qu'il avait acheté aux marguilliers de Saint-
Pierre-aux-Bœufs, maître Nicolas avait fait
planter un jardin pour la jeune Isabeau, sa
fille, gracieux et mignon fruit d'un hymen
tardif. Le soleil, il est vrai, visitait rarement
les pauvres fleurs transplantées dans ce petit
coin de terre, mais les roses, les jonquilles,

les œillets et les jasmins frappés de mort y
étaient incessamment remplacés par des victimes nouvelles. Le jardinet d'Isabeau était un
champ de bataille où la faux de la mort avait
chaque jour à moissonner, et ses fraîches plan-
tes ressemblaient à ces mamelucks de l'Orient
qui se recrutaient sans jamais se propa-
ger.

Une vieille servante, à la figure jaune et
creusée de rides, vint ouvrir la porte, après
avoir préalablement reconnu les visiteurs à
travers la grille du guichet.

— Eh quoi! c'est vous, monsieur le gouverneur de la Tournelle! s'écria-t-elle en souriant, et avec cette familiarité que les vieux
serviteurs emploient à l'égard des anciens amis
de leurs maîtres; si on attendait céans quel-
qu'un, ce n'était pas votre seigneurie car il fait

froid, et le temps est nuble comme un jour de
circoncision.

— Il est vrai qu'il fait un temps à ne pas
mettre un ladre dehors, repartit le vieillard ;
mais, Gertrude, vous savez qu'il y a des occasions où l'on ne regarde pas au ciel s'il fait
soleil ou s'il pleut. Votre maître est-il rentré
des plaids ? il se fait tantôt trois heures *.

— Il rentre à la minute, et c'est tout au
plus s'il a eu le temps de déposer son chaperon.

— Allez lui dire, Gertrude, que nous sommes ici, reprit le vieillard, et que son ami,

---

* Les audiences du Parlement duraient de neuf heures
du matin à midi ; mais quand le rôle était trop chargé,
on plaidait encore de deux à trois heures ; c'est ce qu'on
appelait audiences de *relevées*.

Hugues de Bois-Jourdan, accompagné de son fils, désire l'entretenir quelques instants toute affaire cessant.

— Oh! oh! quelque bon procès avec monseigneur l'évêque de Paris ou son chapitre, fit la vieille en hochant gaiement la tête, ou bien quelque petits démêlés avec le Prévôt des marchands et les échevins, relativement au moulin qu'on vient de détruire à la Tournelle!

— Il ne s'agit pas d'un procès de cette espèce pour le moment, Gertrude, repartit le vieillard avec un léger mouvement d'impatience causé par la loquace curiosité de la servante, il s'agit simplement d'une prise à partie où M. l'avocat votre maître et moi devons, si Dieu le permet, ne jouer qu'un rôle secondaire.

— Allons, allons, ce sera ce que ce sera,

repartit Gertrude un peu désappointée, je vais
vous quérir Monsieur.

En discourant ainsi, la vieille servante avait
introduit le père et le fils dans le parloir. Elle
les quitta en les invitant d'un geste à s'asseoir
sur les escabeaux luisants et bien époussetés
qui le garnissaient, et qui, avec un Christ co-
lossal, peint sur toile par un artiste de l'école
florentine, composait tout l'ameublement.

— Eh bien, mon pauvre Michel, dit le
vieillard à son fils, quand ils furent seuls, ton
cœur bat bien fort, n'est-il pas vrai? Voilà le
moment décisif, voilà l'instant suprême qui
doit décider du bonheur ou du malheur de ta
vie. Prends courage, mon enfant, ajouta Hugues, en regardant son fils avec un mélange
indéfinissable d'orgueil paternel et de tendresse,
et remettons tout entre les mains de celui qui

est là haut, et qui nous donne des joies ou
nous inflige des peines selon sa volonté.

— Je ne vous le cache pas, mon père, répondit le jeune homme en rougissant, je souf-
fre beaucoup. Je pressens que la démarche
que vous voulez bien faire pour l'amour de moi,
auprès de M. le bâtonnier, n'aura pas une
issue favorable. O mon cher père, s'il allait
nous refuser ?

— Enfant! enfant! interrompit le vieillard,
en affectant une assurance qu'il était loin d'a-
voir réellement, tu ne sais pas comment se
traitent les affaires du monde... Mais j'entends
maître Nicolas Lepetit... du courage, et surtout, mon enfant, quoiqu'il arrive, de la résignation.

L'avocat entra en effet; c'était un petit vieil-

lard encore vert, d'une physionomie qui tenait
de l'émouchet et de la fourmi, et dont la parole brève, abondante et saccadée décelait
l'intelligence et la facilité de compréhension.
Sa voix, à laquelle il savait donner tous les
tons, selon l'humeur qui le possédait (et cette
bizarre propriété de timbre avait contribué,
autant au moins que son immense érudition, à
sa renommée au barreau), sa voix était alors
dans son état naturel, c'est-à-dire pleine et sonore, ce qui parut d'un bon augure au gouverneur de la Tournelle.

— Eh ! vous voilà donc, mon cher et respectable ami ! s'écria le bâtonnier en tendant
les bras à Hugues de Bois-Jourdan, c'est donc
ainsi que vous surprenez les gens. C'est bien,
très bien, *bene*, *optime* ; mais il fallait venir
trois heures plutôt, nous aurions dîné ensemble, et ce que vous avez à me dire, vous l'au-

riez déduit, *inter pocula*. Comment vous portez-
vous, mon ami ?

— On ne peut mieux, messire Lepetit, répondit Hugues, et malgré mes soixante-dix-huit
ans, j'ai le cœur aussi chaud et la tête aus^{si}
froide qu'un homme de quarante ans : mais
j'ai l'honneur de vous présenter un malade...

Et le bonhomme désigna son fils, qui rouge
comme une robe de conseiller, ne savait quelle
contenance tenir.

— Qui? Michel? repartit le bâtonnier; à
d'autres, mon compère. Il a une face de cha-
noine de Sainte-Opportune et une prestance
de Bernardin. J'ai bien remarqué, dans les
visites qu'il nous faisait de temps à autre, qu'il
n'était pas si mièvre ni si espiègle qu'autrefois,
mais il ne faut pas se plaindre de cela, mon
vieil ami, les jeunes gens ne sauraient répu-

dier trop vite les façons et manières d'une ado-
lescence fougueuse, surtout lorsque, comme
votre fils, ils sont appelés à remplir des charges
graves et honorées. Oh! la maladie de Michel
ne durera pas, j'en suis convaincu, et vous pouvez sans crainte partager ma conviction.

— Je l'espère, messire, repartit Hugues, et
je l'espère avec d'autant plus de fondement,
qu'il ne tient qu'à vous de guérir radicale-
ment mon cher et unique enfant.

— Vous vous riez, mon compère, interrompit maître Lepetit; je ne suis pas médecin,
et n'ai de ma vie ouvert un livre de médecine,
si ce n'est Galien, au chapitre de *casibus mu-
lieris,* pour une cause dont je m'étais chargé ..
et que j'ai gagnée.

— Comme toutes celles que vous plaidez,
dit Bois-Jourdan.

— Hum ! hum ! fit le bâtonnier en se rengorgeant, sans avoir l'air d'entendre son ami ; je ne me connais donc nullement en maladies, et je ne m'aviserais pas de donner des conseils, quand bien même il ne serait question que d'un mal d'aventure.

— Je persiste cependant à dire, reprit Hugues, qu'à vous seul est réservé le pouvoir de guérir Michel. Si vous le permettez, je vais m'expliquer plus clairement.

—Asseyez-vous, et parlez à cœur ouvert, répondit l'avocat, avec une voix de fausset qui semblait indiquer qu'il commençait à démêler les véritables motifs de la visite du gouverneur, et ne trouvez pas mauvais que la cour se couvre.

Hugues fit une légère inclination de tête,

et messire Lepetit tira de sa poche une ca-
lotte de feutre à oreilles qu'il mit avec une
précaution oratoire sur sa tête. Cette cérémonie
accomplie :

— Parlez, dit-il à Hugues, je suis tout yeux
et tout oreilles pour vous entendre.

Le gouverneur de la Tournelle toussa, regarda du coin de l'œil son fils, et, approchant
son escabeau du siége de maître Lepetit, il lui
dit :

— Si ma mémoire ne me trompe pas, messire, voilà tantôt quarante ans, **que nous nous**
connaissons. Dans cette période de temps, je
crois que vous m'avez toujours tenu pour bon
et loyal sujet du Roi, fidèle catholique et citoyen franc du collier.

— Cela est vrai, fit l'avocat avec gravité.

— Si donc, reprit Hugues de Bois-Jourdan, je n'ai point démérité dans votre estime ; si vous m'avez témoigné constamment des sentiments que j'ai été heureux de vous inspirer, il ne tient qu'à vous de me prouver aujourd'hui la force et la solidité de ce bon vouloir.

— Et quelle preuve voulez-vous que je vous en donne, mon maître ? interrompit le bâtonnier d'une voix aigrelette.

— La preuve ! la voici en deux mots, sans préambule et sans phrases. Isabeau, votre fille, et mon fils Michel, s'aiment depuis long-temps. Ils se sont donné leur cœur avant même de savoir ce que c'est que l'amour. Je viens vous demander la main d'Isabeau pour mon cher Michel. Je ne m'enquiers pas de ce que vous lui donnerez en dot ; c'est là le moindre

de mes soucis. Je ne veux que le bonheur de
mon enfant, comme vous ne devez désirer que
la félicité du vôtre. Michel a ma charge de
gouverneur de la Tournelle en survivance dès
qu'il sera marié, je lui abandonne un poste
que j'ai tenu avec quelque honneur durant
vingt-cinq ans. Cette charge est d'un revenu
fixe de 3,000 livres tournois; j'y joindrai une
partie de mes épargnes, car je ne crois pas
m'appauvrir en enrichissant mon cher fils, et
je donnerai à ma bru deux cents beaux écus
d'or pour ses épingles et son bouquet de ma-
riée. Cette proposition vous rit-elle, mon vieil
ami, et seriez-vous pas charmé, comme moi,
de planter sur le chemin de notre tombe deux
beaux jeunes arbres qui nous donneront des
fruits, et un bel et consolant ombrage jusqu'au
jour où Dieu nous rappellera à lui?

— Voilà qui s'appelle une proposition à

brûle-pourpoint, mon vieil ami, répondit le
bâtonnier d'une voix claire et stridente et en
se pinçant les lèvres ; une chose de cette importance mérite, je crois, une mûre délibération.

— La délibération est de peu d'utilité dans
l'espèce, reprit Hugues. Nos jeunes gens s'aiment de tout leur cœur, nos fortunes sont
égales, nos positions sociales ne sont pas dis-
parates ; que voulez-vous davantage ?

— Là, là, voilà bien le style d'un vieux
guerrier. Est-il possible, mon maître, que vous
soyiez si impétueux !

— J'ai conservé les vertus et les défauts de
mon premier métier, répliqua Hugues de Bois-
Jourdan avec impatience, et il serait à désirer
que tout le monde fît de même. Une expérience

de soixante ans m'a d'ailleurs prouvé jusqu'à
l'évidence, messire Nicolas Lepetit, que les
bonnes affaires sont celles conclues rondement.
Dites-moi un bon oui, ou un bon non ; je saurai me contenter de l'un ou de l'autre; mais de
grâce, ne nous tenez pas le bec dans l'eau : les
vieillards et les amoureux n'ont pas de temps
à perdre. Répondez-donc franchement, caté-
goriquement à ma demande, et ne craignez pas,
par un refus, de blesser ma susceptibilité.
Dieu merci, j'ai vécu assez long-temps pour
être triplement cuirassé contre les déceptions
de la vie.

— Puisque vous voulez absolument une réponse séance tenante, reprit le bâtonnier, je
vais vous la faire, maître Hugues Bois-Jourdan. Mais n'oubliez pas, je vous prie, que
vous me faites violence, et que j'aurais dé-
siré...

— Point de circonlocution; au fait, mes-sire.

— Eh bien! mon vieil ami, je vous dirai d'abord qu'Isabeau est trop jeune pour...

— A vingt ans. Ce motif n'est pas le vérita-ble; parlez sans détour et sans arrière-pensée, maître Nicolas.

— Eh bien donc, seigneur gouverneur de la Tournelle, puisque vous me mettez sur la sellette, je vous dirai que je destine à ma fille un époux...

— Plus honorable que celui que je vous of-fre, interrompit pour la troisième fois l'impa-tient vieillard.

— Non pas, mais d'un rang plus en harmo-nie avec le mien. Je suis, comme vous savez,

avocat et chevalier-ès-lois ; j'ai l'honneur
d'être bâtonnier de l'ordre pour la présente
année, et j'ai quelques chances pour être réélu
l'année prochaine *. A ces causes, je ne prétends et ne veux donner ma fille qu'à un mem-
bre haut placé de la magistrature ou au moins
du barreau. La réflexion vous fera juger que
ma prétention est juste, légitime et rationnelle.
Si Michel était conseiller aux enquêtes, avocat,
ou même conseiller du châtelet, l'affaire pourrait s'arranger; car, avec du talent, on peut
devenir président à mortier, avocat du roi ou
maître des requêtes ; mais il n'en est pas ainsi;
à bien prendre même, votre charge participe
beaucoup plus de l'épée que de la robe, et je
tiens essentiellement à la robe.

* La nomination du bâtonnier se faisait le 9 mai de
chaque année, et pour un an seulement. Elle n'était pas
attachée à l'ancienneté de la réception, mais purement
élective.

— Le gouverneur de la Tournelle est tout à la fois homme d'épée et homme de robe, repartit le vieil Hugues, et vous n'ignorez pas que je suis revêtu, dans l'intérieur de mon gouvernement, d'un droit absolu, et que je connais des crimes et délits que les prisonniers de la Tournelle peuvent commettre dans l'intérieur de la prison. Ainsi donc...

— Ainsi donc, interrompit l'avocat d'un ton d'impatience, vous m'avez entendu, mon vieil ami, et vous savez que les idées tiennent dans ma cervelle comme les chaînes aux crampons des pignons des rues. Vous auriez beau dire, vous ne me feriez pas changer de résolution. Moi qui me rappelle vous avoir vu sous le règne de notre glorieux roi Henri II capitaine d'une compagnie d'hommes d'armes, vous ne me ferez jamais croire que vous êtes complètement devenu un homme de robe ;

c'est une illusion à laquelle mon esprit ne
pourrait pas se prêter.

— Mais considérez, reprit le vieux gouverneur, qui par amour paternel faisait violence
à son caractère emporté, que les jeunes gens
s'aiment, qu'ils seront malheureux éternellement si vous contrariez leur vertueuse tendresse.

— La cause est entendue, repartit le bâtonnier, ne parlons plus de cela. Le don de la parole est le plus grand bienfait de Dieu , et ce
serait en abuser que de parler encore de choses
oiseuses. *Nescio vos*, mon compère, sur ce
chapitre-là, et entretenons-nous d'autre chose. Ça j'espère que vous assisterez à la grand'-
messe que l'ordre des avocats fera célébrer
dans trois jours à la Sainte-Chapelle, en l'hon-
reur de Saint Nicolas, notre patron, dont vien

la fête. En ma qualité de bâtonnier pour la présente année, je rendrai le pain bénit, et je figurerai, la bannière à la main, à la procession, qui sera magnifique. L'évêque de Paris officiera pontificalement, et des députations du Parlement; de la Cour des comptes et de la Cour des aides s'y trouveront : On fait même courir le bruit que notre jeune dauphin y viendra accompagné de son auguste mère. Ce sera splendide et royal, comme vous voyez. Il faut y venir, mon cher gouverneur, et amener Michel avec vous.

— Maître Nicolas Lepetit, répondit austèrement le gouverneur, il m'arrive rarement de hanter les églises les jours de cérémonies pareilles. Quand je vais dans la maison du Seigneur, c'est pour prier, c'est pour invoquer, dans le silence de la méditation et de la prière, la miséricorde de celui qui tient la clé des cœurs et des volontés : ce n'est jamais pour

jouir de l'étalage et de la pompe des vanités
humaines. Adieu, maître Lepetit, je vous remercie de votre invitation, mais ni Michel, ni
moi n'en profiterons, car le *Nescio vos* que
nous venez de prononcer ferme désormais chez
vous tout accès aux anciennes relations que
nous avions ensemble. Mariez votre fille, messire Nicolas, mariez-la, et que Dieu vous pardonne le mal que vous faites à Isabeau, à mon
cher fils et à moi.

Et sans attendre de réponse, le vieillard se
leva, prit le bras de son fils consterné et trem-
blant, et regagna la porte de la rue, où sa mule
l'attendait tenue par son serviteur.

———

Accablé de douleur par le refus de maître
Nicolas Lepetit, Michel de Bois-Jourdan se promenait seul dans l'étroit jardin qui bordait la

prison du côté de la rivière. * Les ténèbres
d'une nuit d'automne, la brise qui agitait les
nombreuses girouettes du triste manoir, le
murmure des flots de la Seine venant se briser
contre de vieux saules dépouillés de leur écorce,
tout contribuait à nourrir et à augmenter les
pénibles impressions de la journée dans son
âme. Il pensait à Isabeau, il pensait à son
vieux père, et le fragile édifice de bonheur
qu'il s'était plu à élever, s'écroulait pièce à
pièce devant une réalité à laquelle il ne pouvait échapper. — Isabeau ! s'écria-t-il dans sa
fièvre d'amour, et de désespoir, faut-il donc
renoncer à vous pour jamais : faut-il vous voir

---

* La prison de la Tournelle, dont l'érection datait des
premiers rois de la première race, était située sur le bord
de la Seine, non loin du pont qui porte encore aujour-
d'hui son nom. C'était une lourde et hideuse prison, qui
fut démolie vers la fin du dix-huitième siècle. On
trouva dans ses fondations des débris de constructions
romaines.

passer dans les bras d'un autre! Il formait alors
mille projets insensés, il voulait fuir et chercher une mort glorieuse à l'étranger ; mais
l'image de son père, qu'il fallait abandonner,
qu'il fallait livrer dans ses derniers jours à l'i-
solement et au désespoir, apparaissait à son esprit : le malheureux Michel se prenait alors à
pleurer de rage, car placé entre une passion
déçue et une tendresse inaltérable, il était dans
la situation du navigateur perdu sans boussole
dans l'immensité des mers inconnues.

— Ne vous désolez pas ainsi, mon jeune
maître, dit en ce moment une voix rendue plus
imposante par le silence et l'obscurité. Prenez
courage ; il y a remède à toutes choses, hor-
mis à la mort.

Michel leva les yeux, et reconnut dans
l'homme qui lui parlait ainsi Claude Simon, le

geôlier principal de la prison. Ce Claude Simon,
malgré son titre de geôlier, était un brave et
honnête homme, il avait servi long-temps sous
les ordres du capitaine Bois-Jourdan, et il était
venu, par attachement pour lui, en quittant le
service militaire, s'enfermer, avec ce titre
peu profitable et peu honorifique à la fois, dans
les murs épais de la Tournelle.

— Ah! Claude, si tu savais repartit le jeune
homme....

Il voulut continuer, mais ses sanglots l'em-
pêchèrent de proférer une parole.

— Je sais tout; votre père m'a tout dit, répondit le vieux soldat. Et à quoi servirait, en
effet, de camper cinquante ans son pennon
dans la même famille, si quelque chose devait
vous être caché. Oui, je sais tout, et c'est pré-

cisément pour cela que je vous dis de prendre
courage. Mademoiselle Isabeau ne se marie pas
demain, n'est-ce pas? et d'ici à ce que le tabel-
lion griffonne un contrat, il passera de l'eau
sous notre pont.

— Claude Simon, fit Michel, ne cherche pas
à rappeler l'espoir dans mon cœur. Si tu con-
naissais comme moi maître Nicolas Lepetit tu
ne raisonnerais pas ainsi. Les décisions de cet
obstiné vieillard ressemblent aux sentences de
la Grand'Chambre : elles sont sans appel.

— Il y a un pouvoir plus haut et plus fort,
je pense, que le Parlement, répliqua Claude Simon, et c'est celui du roi.... qui peut faire
grâce quand il lui plait. Mais croyez-moi, maître, il n'y a pas de décisions sans appel, et
nous pourrons faire casser l'arrêt de maître
Nicolas.

— Que dis-tu? Claude Simon.

— Je dis que si vous voulez bien fortement vous tirer de ce mauvais pas il ne tient qu'à vous.

— Peux-tu douter un instant de ma réponse? Je suis homme à employer tous les moyens possibles ; tous ceux du moins qu'autorise l'honneur, pour sauver mon amour du naufrage dont il est menacé. Parle, explique-toi, je t'en conjure.

— Écoutez-moi donc. Il y a ici en ce moment, dans ce cachot dont vous voyez le guichet presque au niveau de la rivière, un homme qui peut vous servir d'une manière efficace. Cet homme, ou plutôt ce diable incarné, est en commerce réglé avec tout ce que Paris

renferme de braves à trois poils,*de mendiants,
de cagoux, de reitres : c'est un crocodile, un renard, un loup, cousus tous ensemble dans une
peau humaine.

— Y penses-tu, Claude Simon, voudrais-tu
me donner pour auxiliaire un voleur ou un
assassin ?

— Ce n'est ni un voleur, ni un assassin ,
soyez tranquille: c'est tout simplement le très
illustre Goripeau, roi des Argotiers** qui, à la
suite d'une querelle avec un sergent du Châte-

---

* On appelait braves à trois poils sous Charles IX , ces
spadassins porteurs de moustaches et de bouquets de
barbe au menton. Sous Charles V et ses successeurs, ces
mêmes hommes qui se sont perpétués jusqu'à nos jours,
s'appelaient mauvais-garçons.
** Le roi des Argotiers était aussi le roi de Thune :
il portait encore d'autres titres bizarres , et dont la liste
était longue autant que celle des vrais potentats.

let, a été amené ici pour y faire pénitence. Venez le visiter, contez-lui votre aventure, et
soyez persuadé qu'il vous donnera un bon
conseil, moyennant, bien entendu, quelques
carolus d'or bien frappés à l'effigie du roi et
aux armes de la ville de Paris.

— Conduis-moi donc vers cet homme,
Claude Simon, car dans le cruel état où je me
trouve, l'assistance d'un gueux est préférable
peut-être à la protection d'un souverain.

— Suivez-moi donc, fit le vieux geôlier car
je porte précisément au côté les clés qui ou-
vrent les cages de la rivière.

Michel et son guide arrivèrent bientôt devant le cachot du roi des Argotiers: Claude Simon ouvrit avec fracas la porte de fer, et à la
lueur d'une lanterne qu'il portait, Michel pût

contempler le hideux réduit où se trouvait enterré sous un monceau de paille infecte le
monarque à couronne de foin des truands de
Paris.

Au bruit que les deux visiteurs firent en entrant, Goripeau secoua la paille qui lui servait
de lit et de couverture, et se mit sur son séant ;
ses yeux s'allumèrent comme ceux d'un basilic,
et sa barbe grise se hérissa comme les poils
d'un sanglier poursuivi et harcelé par une
meute.

— Venez-vous me rendre la liberté , Claude
Simon ? dit-il d'une voix pleine et accentuée ,
et M. le prévôt a-t-il enfin reconnu qu'en frappant le misérable sergent qui m'avait insulté,
je n'ai fait que repousser une attaque aussi lâ-
che que cruelle ?

— Je ne viens point encore vous rendre la

liberté, Balthazar Goripeau , répondit Simon.
Mais cela ne tardera pas, et je viens vous offrir les moyens d'abréger votre captivité en
rendant service à ce jeune homme. Balthazar,
vous savez que toutes les fois que vous êtes venu ici, vous avez été bien traité.

— Bien traité ! interrompit le monarque ,
vous m'avez toujours relégué dans les cachots
les plus malsains ; le pain que vous me donnez est plus noir que l'âme d'un maltotier ;
une pierre me sert d'oreiller ; des animaux
immondes troublent mon repos le jour et la
nuit, et une paille pourrie me suffoque par ses
exhalaisons pestilentielles. Vous appelez cela
être bien traité, maitre Claude ?

— Je demeure d'accord que vous n'avez jamais été logé convenablement, reprit le geôlier; mais une prison n'est pas un palais , et
des ordres venus de haut lieu....

— Ah! c'est cela! des ordres. Voilà l'éternel

refrain des subalternes cupides ou cruels ;
mais dites-moi, ces ordres supérieurs venus
de haut lieu vont-ils jusqu'à commander que
les prisonniers soient mangés vivants par les
rats. Je leur dispute chaque nuit, maître Claude,
les membres amaigris qui me restent, et souvent je n'obtiens la victoire sur eux qu'avec
peine.

— Exagération ! fit Claude Simon.

— Exagération ? répéta Goripeau ; voyez
donc jusqu'à quel point j'exagère.

Et d'une main, il souleva la paille de son
chevet, et aussitôt une dixaine de rats s'échap-
pèrent en criant hors du cachot, dont la porte
était restée entr'ouverte, et passèrent entre les
jambes de Michel.

— Si j'étais un criminel, un assassin, un

faux monnoyeur, passe encore, je pourrais
souffrir patiemment: j'aurais mérité mes tribulations. Mais non, on n'a à me reprocher que
la dignité que j'exerce avec honneur et profit :
le roi des Argotiers porte ombrage à M. le Pré-
vot de Paris, parce qu'il sait mieux que lui ce
qui se passe dans la grande ville : c'est une ja-
lousie de métier.

— Vous avez une mauvaise tête, Balthazar,
vous êtes toujours mêlé dans les rixes et les
querelles.

— Oui, quand on m'attaque, répond Balthazar. Mais voyez vous-même, mon jeune
seigneur, dit-il en s'adressant à Michel, si les
reproches de ce brave geôlier sont fondés. Voici l'homme qu'il donne comme le provocateur
et l'agent de toutes les querelles.

Balthazar écarta le reste de la paille qui le

couvrait, et se dressant à l'aide de ses poignets dans la jatte qui lui servait de support, montra à Michel, stupéfait, qu'il n'avait pas de jambes.

— Mais au moins, continua Claude Simon, vous ne pouvez pas nier que nous ayons eu pour vous, et moi en particulier, tous les égards compatibles avec la rigueur de nos devoirs.

— Quant à cela, répondit Balthazar, je ne dis pas non, bien que cependant, en mainte occasion, vous eussiez pu vous relâcher de l'excessive sévérité dont j'étais l'objet; n'importe, chacun pour soi et Dieu pour tous, c'est la devise des enfants de la besace, et j'ai vu que c'était aussi la vôtre.

— Assez de salamalecks comme cela, mon prince, fit Claude Simon, il ne s'agit plus du

passé, il s'agit du présent. Voulez-vous rendre
service au fils unique de M. le Gouverneur de
la Tournelle, à ce jeune homme que je vous
présente? il est aussi libéral que beau et bon,
ainsi vous n'aurez pas à vous repentir de l'ai-
der, et de mener à bonne fin l'affaire dont il
vous chargera.

—Je ne suis pas cupide, répondit le truand,
et je rendrais service à ce jeune homme à l'ins-
pection seule de sa physionomie. Parlez, mon
jeune seigneur, et parlez sans crainte, car
tout infirme, tout abandonné que paraisse le
pauvre Balthazar, le sceptre de coudrier
qu'il tient en la main, dans sa Cour des Miracles, s'est plus d'une fois enlacé avec le sceptre
d'or fleurdelysé, dans les arcanes réduits de
l'hôtel de Soisson.

Michel hésitait à faire confidence de ses chas-

tes amours à un homme en apparence si éloi-
gné d'en pouvoir comprendre l'ineffable sincérité ; mais sur un signe d'encouragement de
Claude Simon, il se décida, et raconta de point
en point au roi d'Argot, l'histoire de sa tendresse, les espérances du matin et les déceptions du soir.

Dès qu'il eut achevé son récit, prolixe comme les harangueurs des héros d'Homère, Balthazar, qui l'avait écouté avec une attention
sérieuse s'écria.

— Je connais comme mon *Pater* maître
Nicolas Lepetit: sa maison, ses mœurs, ses habitudes et ses boutades me viennent à l'esprit.
Rien ne me sera plus facile que de créer des
intelligences dans sa maison, car la Gertrude,
sa gouvernante, a pour neveux deux sujets très
distingués de notre confrérie; les mauvaises lan-

gues de ma cour prétendent même qu'ils lui tiennent d'un degré plus près encore. Voyons, jeune homme, que prétendez-vous faire de Nicolas Lepetit. Si j'étais hors d'ici, mon pouvoir serait sans bornes; mais, quoique dans les fers, mes ordres n'en seront pas moins exécutés avec une aveugle fidélité. Désirez-vous que maître Nicolas soit hissé dès demain dans la lucarne la plus obscure et la plus élevée de la tour de Sainte-Geneviève? Voulez-vous qu'une armée de rats envahisse sa maison et porte la devastation dans sa bibliothèque et dans son garde-manger?....

— Je ne veux pas porter atteinte à la liberté, ni à la fortune de messire Nicolas Lepetit, interrompit vivement Michel, cherchez un autre expédient, Balthazar.

— Voulez-vous que je fasse enlever votre

charmante Isabeau, reprit encore le roi ; demain, à l'heure du couvre feu, elle sera re-
mise entre vos mains.

— J'aimerais mieux renoncer éternellement
à la possession d'Isabeau, plutôt que de la
devoir à un acte de violence, répondit Michel;
je supporterais avec l'aide de Dieu sa perte;
mais je ne me sentirais pas le courage de supporter ses reproches et le cri de ma conscience.

— Que voulez-vous que je fasse? Je ne suis
ni ange, ni saint, et ne puis opérer pour vous
des miracles. Demandez-moi de l'audace, mon
gentilhomme, de la ruse, de la finesse; mais
des expédients où la vertu joue le premier rôle,
des entreprises où la sagesse domine ; ce n'est
pas mon fort, et il faut vous adresser à d'autres qu'à moi.

— Comment, Balthazar, fit Claude Simon, vous jetez ainsi le manche après la coignée? Votre imagination ordinairement si féconde ne trouve rien pour nous sortir d'embarras! Allons donc, mon prince, vous oubliez votre ancienne gloire, et vous perdez de vue que la fin prochaine de votre captivité dépend du succès de notre démarche. Ça, faites un bon appel à votre esprit de Bohême; fouillez bien avant dans votre sac à malice, vous trouverez quelque expédients. Vrai Dieu! pour un homme de votre trempe les difficultés n'ont fait jamais qu'augmenter les ressources et les talents.

Sa majesté argotine fut sans doute flattée du compliment, car elle se gratta l'oreille, ferma les yeux, et parut pendant quelques instants livrée à la plus profonde méditation.

Tout à coup Balthazar fit un bond sur sa crê-

che, et jeta aux voûtes de son cachot une glorieuse et métaphorique exclamation.

— Qu'y a-t-il, qu'est-ce ? fit Claude, un rat
vous aurait-il cru endormi?

— Non, répliqua le roi, ce n'est pas un rat,
c'est une idée qui vient de me mordre l'esprit,
et dont je me suis emparé.

Puis il ajouta avec une volubilité extraor-
dinaire :

— Maître Nicolas Lepetit est cette année
bâtonnier de l'ordre des avocats?

— Oui.

— La bannière de Saint-Nicolas est déposée
chez lui, dans la salle qui précède sa bibliothèque?

— Je l'ai vue encore aujourd'hui , dit Mi-chel.

— Dans deux jours, l'ordre tout entier célè-bre en grande pompe la fête de Saint-Nicolas?...

— A la Sainte-Chapelle, interrompit Clau-de Simon ; maître Nicolas Lepetit rend le pain bénit et figure, portant la bannière, à la tête de la procession, qui sera suivie d'un nombre considérable de parlementaires , d'avocats , de seigneurs de la cour , et de bourgeois notables de la bonne ville de Paris.

— Isabeau est à nous, reprit le roi en se frappant le front. Je veux dire est à vous, mon gentilhomme, et votre âme timorée n'aura rien à redouter. L'expédient que je vais em-ployer , n'est, à proprement parler, qu'une espièglerie de page ou d'écolier. Vous serez le

premier personnage de l'intrigue; me pro-
mettez-vous de vous conformer exactement à
mes prescriptions?

-- Oui, si... fit Michel.

— Allons, pas de restrictions, puisque je
vous affirme que rien ne sera plus innocent
que les moyens que j'emploierai; mais de votre
obéissance à mes ordres dépend le succès de
l'entreprise. Voyez si vous voulez m'obéir?

— J'obéirai, dit Michel, que l'exaltation du
roi des Argotiers avait électrisé malgré lui.

— Ça, du papier, de l'encre, une plume, dit
Balthazar.

Michel détacha l'encrier de corne qu'il portait à sa boutonnière, et Claude Simon cons

sit, à l'aide de quelques débris de bois pourri, une espèce de pupitre devant Balthazar.

Callot, un siècle plus tard, se serait estimé heureux d'avoir à traduire sous son ingénieux crayon cette scène fantastique. Un orgueilleux mendiant, dont les guenilles attestaient le génie, traçant à la lueur blafarde d'une lanterne des ordres et des injonctions, entre un geôlier à mine rébarbative et un adolescent qu'on aurait pu prendre, n'eût été le costume, pour Pâris ou pour Apollon.

Balthazar écrivit deux lettres, une dans un idiôme et avec des caractères bizarres, l'autre dans le style et avec des caractères ordinaires.

— Mon gentilhomme, dit-il, après avoir soigneusement plié les deux missives; voici l'alpha et l'oméga. Demain, au premier chant du coq, levez-vous, et allez sous le Charnier-des-Innocents, vous y trouverez un aveugle conduit par un chien noir, faites l'aumône au chien, et remettez cette lettre à l'aveugle, en prononçant ce mot : *Pougalermas*. L'aveugle, à ce mot de passe, mettra son violon dans sa poche et marchera vite et long-temps, suivez-le. Vous répondrez aux questions qu'il jugera à propos de vous faire, et vous vous conformerez à ses conseils, car ce grand homme est mon chancelier, et gouverne le royaume pendant mon empêchement. A midi, vous reviendrez trouver l'aveugle sous le porche de l'église Saint-Magloire, et s'il vous dit à son tour *pougalermas*, vous lirez la lettre que je vous remets avec celle qui lui est destinée. N'omettez pas, dans ce dernier cas, de vous conformer aux indications précises qu'elle renferme, et n'hésitez pas à demander, par un billet de votre main, un rendez-vous à Isabeau dans le petit jardin de son père.

— Et si ce billet tombe entre les mains de maître Nicolas? fit Michel; c'est un argus.....

— Il faut qu'il y tombe, en effet, et mon chancelier se chargera de ce soin. Quant à vous, vous ne devez point chercher à vous introduire dans la maison du bâtonnier; c'est du pignon du mur du jardin que vous parlerez à Isabeau. Au surplus, tout est prévu, tout est arrêté dans la double instruction que je vous remets. Allez reposer en paix, mon jeune seigneur, et demain soyez debout aux premières lueurs de l'aube.

—Mais vous n'avez pas stipulé, Balthazar, le prix que vous mettez à vos généreux efforts ! Il est de mon devoir de vous le demander avant de passer outre, dit Michel.

— Ce que je demande, ce que je veux ?

— Oui, sans doute.

— *La liberté !* répondit Balthazar en se drapant orgueilleusement dans ses haillons *.

Et, sans attendre de réponse, le mendiant s'étendit sur son grabat et s'endormit comme Annibal et le grand Condé la veille d'une action décisive.

---

* Le gouverneur de la Tournelle avait le singulier privilège de mettre en liberté, de son autorité privée, les prisonniers qui n'avaient contre eux que les accusations vagues et intéressées des sergens de la douzaine ou des rondes et patrouilles du guet. On rapporte ainsi l'origine de ce privilège qui était devenu un droit : « Le frère de saint Louis faisait tapage dans le faubourg Saint-Marcel, avec quelques jeunes seigneurs de son âge ; il fut pris par les gardiens de nuit de la ville (*custodes noctis*) on le conduisit à la Tournelle, malgré ses prières et son opposition, et on le renferma dans un cachot, ainsi que ses compagnons. Le lendemain, des officiers du roi et de la régente (Blanche de Castille) vinrent les réclamer. Vivement affecté de cette correction, bien supérieure à sa faute, le jeune prince obtint de saint Louis que le gouverneur de la Tournelle eût *droit de liberté* sur ses prisonniers.

———

Deux hommes dont l'un portait en carquois sur son épaule une petite échelle, descendaient à la tombée de la nuit l'étroite et sale rue de la Juiverie en la Cité. Ils paraissaient l'un et l'autre pressés d'arriver au but de leur course, et causaient gaîment, pour charmer l'ennui d'une route à tout moment interrompue par le mauvais état et les embarras des rues.

— Ceux qui nous verraient ainsi arpenter le pavé du roi, disait en riant le plus jeune à son compagnon, ne se douteraient pas que vous êtes l'aveugle de Saint-Magloire. Par quel artifice contrefaites-vous si bien l'homme privé de la vue, Zorobabel?

— C'est un secret du métier, mon gentilhomme, répondit l'homme à l'échelle, qu'il
serait trop long pour le moment de vous expliquer. Qu'il vous suffise de savoir que grâce à
cette infirmité factice, votre serviteur a su se
concilier les suffrages unanimes de l'auguste
confrérie des Truands et Ribauds de la bonne
ville de Paris. Vous avez vu dès aujourd'hui
un échantillon de mon savoir-faire, et vous
ressentez dès ce soir les bons effets de ma politique. Aussi puis-je dire sans présomption
que si le roi Balthazar est la tête de notre asso-
ciation, j'en suis le bras. Balthazar est l'homme
du conseil, moi je suis l'homme de l'action.

— L'un et l'autre nous passons avec raison
pour les piliers et les plus fermes soutiens du
royaume ; si Dieu nous frappait tous les deux
en même temps, on pourrait prédire que la
puissance de l'antique royauté de l'Argoterie
et de Thune serait bien près de tomber.

En discourant ainsi, les deux hommes que nos lecteurs ont déjà reconnus pour Michel de Bois-Jourdan et l'aveugle du Charnier-des-Innocents, s'étaient faufilés dans le dédale des petites rues de la Cité. Au coin de la rue de la Licorne, où ils étaient entrés par la rue des Ursins, Zorobabel s'arrêta, déchargea ses épaules de la petite échelle, la braqua contre le mur du jardin d'Isabeau, et à voix basse dit au jeune homme :

— Maintenant, c'est à vous le dé ; jouez-le comme nous en sommes convenus, et n'omettez-pas une syllabe de ce que vous savez.

— Je ferai de mon mieux, répondit Michel.

— A l'issue de votre entretien, vous me retrouverez au cabaret de la Cornemuse, sur le parvis Notre-Dame. Je vous attendrai avec

le gage de la victoire et du triomphe. Adieu !
de la présence d'esprit et du sang-froid.

Le Truand s'éloigna à grands pas et disparut dans les ombres sinueuse de la rue des
Ursins.

Michel, resté seul, se repentit presque d'a-
voir laissé éloigner son compagnon. Si une pa-
trouille du guet venait à passer, se disait-il,
on me prendrait pour un rôdeur de nuit, un
voleur, et cette échelle ne contribuerait pas
peu à corroborer cette mauvaise opinion. Tout
en faisant ces peu rassurantes réflexions, le
jeune homme montait un échelon, puis deux,
puis quatre; enfin il s'enhardit, et gravit
précipitamment ceux qui restaient. Sa belle
tête, encadrée de sa riche chevelure brune,
couronna alors le chaperon moussu du vieux
mur, et sa main put caresser les feuilles den-

telées et toujours vertes des deux ifs dont les
rameaux surbaissés formaient dans ce triste
jardin, un berceau protecteur, survivant toujours à la mort des roses et des lilas.

— Isabeau! Isabeau! êtes-vous là? dit-il à
voix basse.

— Oui, répondit-on, en étouffant également le son.

— Oh! ma chère Isabeau! que je vous sais
gré de votre tendre pitié. J'avais besoin de vous
faire mes derniers adieux, car après le refus de
votre père, je pars, je m'enrôle dans les armées
du roi.

— Hélas! fit en poussant un soupir, la voix.

— Le désespoir n'est-il pas mon seul re-

cours, mais que du moins j'emporte cette con-
solation, de penser que vous partagez mes
regrets, mes douleurs.

— Hélas ! fit encore cette voix.

— Isabeau ! vous m'êtes donc pitoyable, reprit Michel. Ah ! si votre père doit nous séparer en vous mariant à quelque personnage de
la cour, conservez-moi encore une chaste
tendresse ; j'en suis digne, vous le savez,
et pour vous le prouver encore en partant, je
viens vous restituer ce drageoir que vous m'a-
viez donné, quand, enfant encore, nous nous
aimions sans prévoir un aussi triste avenir.

— Donnez, dit la voix ; et une main s'avan-
çant à travers le feuillage obscur des ifs, saisit
le drageoir...

— Vous ne l'avez pas pris de ma main, Isa-

beau! vous l'avez arraché. Pensiez-vous donc
que mon offre ne fut qu'un leurre ?

A cette question il n'y eut pas de réponse !

— Oh ! non , chère Isabeau ! poursuivit Michel , votre père m'a fait bien du mal , mais je
donnerais tout mon sang aujourd'hui même,
cependant, pour lui pouvoir restituer , comme
je vous restitue ce drageoir, le précieux in-
signe que des misérables lui ont enlevé par
ruse.

— Qu'est-ce ? que m'a-t-on volé ? expliquez-
vous , dit la voix qui se renforça , et redevint
claire tout à coup.

— Le froid du soir vous incommode, Isabeau , je m'en aperçois trop tard à votre voix ,
et je me retire.

— Non , non , expliquez-vous ?

— Votre excellent père , vous aura caché
l'événement. Eh bien! le bruit court que
la bannière de Saint-Nicolas, donnée en garde à
votre malheureux père, en sa qualité de bâtonnier de l'ordre des avocats , a été ce matin
même dérobée dans sa maison.

— La bannière de Saint-Nicolas ! le gage de
ma dignité présente et future! fit une voix
pleine et sonore... malédiction !

Et des pas précipités annoncèrent à Michel
que la personne avec qui il venait de converser
regagnait en toute hâte le logis.

— Ma foi! dit le jeune homme , en redes-
cendant gaiment les degrés de l'échelle, Zorobabel ne m'a pas trompé, et je ne puis douter

maintenant que la prétendue Isabeau ne soit maître Lepetit lui-même, qui se fie un peu trop sur la flexibilité de son organe. Allons retrouver mes gens au cabaret de la Cornemuse; ou je me trompe, ou la victoire est à nous.

Et, sans davantage s'embarrasser de l'échelle braquée contre le mur, sans se soucier de la grosse voix du bourdon de Notre-Dame, qui tintait le couvre-feu, Michel, tout allègre, se mit à courir vers le parvis, où l'attendaient ses nouveaux amis, les fidèles sujets du royaume de gueuserie.

Il pouvait être dix heures du soir, (heure fort avancée à cette époque) un petit homme enveloppé dans un vaste manteau traversait le pont de bois de la Tournelle, et malgré une pluie de neige qui commençait à tomber, gesticulait

sur les planches tremblantes du pont, en éle-
vant de temps à autre les mains vers le ciel.
L'homme au manteau arriva enfin à la porte
de la prison et y frappa avec violence. Mais personne ne lui répondit : il hoche encore, il
appelle, mais plus il heurtait, plus il s'égosil-
lait, moins on faisait mine de lui ouvrir. Enfin,
ennuyé de l'inutilité des tentatives, le bonhomme, saisit une chaîne de fer qui corres-
pondait à une cloche fêlée destinée à signaler
les incendies, et il l'ébranla avec fureur.

Aussitôt le judas du guichet s'ouvrit avec fracas : une figure éclairée par les reflets d'une
lanterne sourde, s'y montra et demanda d'une
voix brusque : — Qui va là?

— C'est moi! c'est moi, répondit l'homme
au manteau.

— Qui, vous? où le feu s'est-il déclaré?

— Le feu ne s'est déclaré nulle part; c'est moi qui n'ai trouvé d'autres moyens de me faire ouvrir céans que de sonner la cloche des incendies. Vous dormez tous comme des castors.

— S'il n'y a point d'incendie, laissez donc les gens en repos, répondit le guichetier, en retirant sa tête du judas.

— Eh ! eh ! Claude Simon ! est-il possible que vous ne reconnaissiez pas la voix de l'ami de votre maître, du seigneur Hugues de Bois-Jourdan? Regardez-moi donc avec votre lanterne, et ouvrez-moi.

— J'ai beau vous regarder, fit la tête du guichetier en s'écarquillant les yeux, je ne vous reconnais pas.

— Comment, Claude Simon, vous ne recon-

naissez pas messire Nicolas Lepetit, bâtonnier
de l'Ordre des Avocats, et le vieil ami de votre
maître et seigneur? Êtes-vous frappé de cécité
comme les habitants de la ville maudite de l'É-
criture ?

— Ah! ah! en effet, je crois vous reconnaître actuellement ; mais qui diable, messire Bâtonnier, aurait pû vous deviner à cette heure
et affublé de ce manteau qui vous donne plutôt l'air d'un capitaine des lansquenets que
d'un avocat! Eh bien! messire, qu'y a-t-il pour
votre service?

— Ouvre-moi, Claude Simon, et annonce-
moi à ton maître ; il faut que je lui parle absolument.

— Monseigneur de Bois-Jourdan est couché
depuis plus d'une heure, et avec la meilleure

volonté du monde, je ne pourrais vous ouvrir, car on lui remet chaque soir les clés. Venez demain matin d'aussi bonne heure que vous voudrez, et votre affaire est dans le sac.

— Il faut que mon affaire soit terminée dès ce soir, Claude Simon, et il est de la dernière importance que je voie ton maître à l'instant même. Réveille-le, va chercher la clé et ouvre moi.

— Comment, monsieur l'avocat, vous voulez que je réveille un malheureux vieillard qui, depuis la journée d'hier, a vieilli de dix ans, par des chagrins dont j'ignore la cause ; cela serait d'une barbarie sans exemple, et tout geôlier que je suis, je ne saurais me résigner à commettre une semblable action. Le sommeil est le baume des affligés, monsieur l'avocat, laissez reposer en paix mon vertueux maître, et venez demain.

— Par les trois vertus théologales, tu fera[is]
perdre patience à un saint, interrompit maître Nicolas Lepetit en frappant la terre du pied
avec colère. Va réveiller ton maître, je prends
tout sur moi, et je suis certain qu'il ne trouvera
pas mauvais que tu aies cédé à mes instances.
Mais va vite, car il pleut horriblement, et malgré l'épaisseur de mon vêtement, je sens l'eau
qui me traverse et me gagne.

— Vous me répondez donc?... fit encore
malignement Claude Simon.

— Je te réponds de tout, dit le bâtonnier
impatienté ; cours, vole et reviens.

Au bout de quelques minutes qui parurent
des siècles à Nicolas Lepetit, le geôlier revint
lui ouvrir la bienheureuse porte. Claude Simon
précéda, armé d'une lanterne, le visiteur dans
les sombres détours des corridors, et ils arri-

vèrent bientôt dans les appartements du gouverneur de la Tournelle.

Hugues de Boisjourdan, emmaillotté dans
une énorme rhingrave garnie de fourrures,
était assis dans un gothique fauteuil, au coin
d'un feu titanesque. La figure du vieillard était
triste et grave, et, en voyant entrer son ancien
ami, le bâtonnier de l'ordre des avocats, ses
deux sourcils se rapprochèrent, et sa bouche
se contracta.

—Venez-vous, messire, dit-il, réitérer à cette
heure votre invitation à la procession de saint
Nicolas? Si c'est là le but de votre visite, je
dois vous répondre à mon tour *nescio vos*.

—Il s'agit bien de procession et de *nescio
vos*, seigneur Hugues de Bois-Jourdan, interrompit le bâtonnier, vous voyez devant vous

un homme anéanti, terrassé, foudroyé, perdu.

Et le bâtonnier, en prononçant chacune de
ces épithètes, jetait son manteau, son bonnet,
son mouchoir et ses gants sur le plancher.

— Que vous est-il donc arrivé, maître Nicolas Lepetit? des seigneurs de la cour auraient-ils
enlevé votre fille de vive force? vous aurait-on
volé vos manuscrits ou votre coffre-fort?

— Pis que cela, seigneur Hugues de Bois-
Jourdan !...

— Pis que cela?

— Oui, pis, cent fois pis ! C'est le bâton,
c'est la bannière de l'ordre, confiée de temps
immémorial au chef des avocats, qui a été enlevée à mon nez et à ma barbe par astuce, ruse
et magie. Ah ! mon cher gouverneur, quelle

catastrophe ! Que vais-je devenir, où me cacher, où fuir pour échapper aux reproches,
aux tribulations qui me menacent.

— Êtes-vous bien sûr de ce que vous avancez
là, messire?

— Si j'en suis sûr? très sûr; et encore est-ce
à votre fils que j'ai l'obligation d'avoir tout
appris, quand je m'endormais dans une trom-
peuse tranquillité.

— Mon fils ! la bannière ! que signifie tout
cela ?

— Oh ! ceci est une autre affaire, un fait
subsidiaire qu'il faut que je vous apprenne en
passant. Imaginez-vous, ce matin, qu'un lour-
daud de messager cherchait à parler à Isabeau.
Vous connaissez ma vigilance, je m'emparai du

billet dans lequel votre fils demandait à ma .
fille une entrevue pour lui faire ses adieux.

— Je punirai exemplairement Michel, de
cet oubli de ses devoirs, dit austèrement le
gouverneur.

— Ne le punissez pas, interrompit le bâtonnier, je m'y oppose : sans lui, j'ignorerais encore que je suis volé. Bref, je reçois le tendre
billet, et sans en dire mot, comme vous pouvez le penser, à Isabeau, je vais au rendez-vous
à sa place.

— Après? fit le gouverneur.

—Après, j'ai recueilli les paroles que Michel
croyait adresser à ma fille, et dans cet entretien, dont il faisait tous les frais, je me suis

convaincu qu'il est encore, comme il a toujours été, un probe et loyal garçon.

— Je le sais, mais après? fit le gouverneur.

— Après! nous y voilà. En me remettant, car il croyait avoir affaire à ma fille, un petit drageoir qu'elle lui avait donné il y a de cela dix ans au moins, il lui dit, avec une expression de regret, qu'il voudrait pouvoir me restituer ce qui m'a été volé. J'apprends que c'est le bâton; je me précipite dans ma maison, je monte en toute hâte à ma bibliothèque, et je me convaincs que Michel m'a dit la vérité. Dans une aussi fatale conjoncture, je ne pouvais avoir de recours qu'en vous, et me voilà.

— Et qui soupçonnez-vous de ce larcin sacrilège? dit le gouverneur.

— Trois vauriens qui sont venus ce matin

même dans mon logis, sous prétexte de visiter leur tante Gertrude.

— Prenez garde d'accuser à faux, maître Nicolas.

— Qui diable voulez-vous donc que j'accuse, si ce n'est ceux que la voix publique désigne. Ce qu'il y a de certain, c'est que le parcheminier qui demeure en face de mon logis a vu sortir ce matin trois hommes portant un bâton enveloppé d'un fourreau de serge grise. Il a cru, m'a-t-il dit, que c'étaient les clercs de la Sainte-Chapelle qui venaient chercher les signes distinctifs de ma dignité pour la fête d'après-demain.

—Pesez bien les conséquences d'une plainte, maître Nicolas Lepetit, ce serait grand dommage d'accuser les propres neveux d'une vieille domestique, qui depuis quarante ans vous sert avec zèle et fidélité.

— J'accuserais eux et elle, s'il le fallait, et je ferais prendre la tante et les neveux sans regrets, si j'étais bien sûr de mon fait. Mais il n'en est pas ainsi, et avant d'en venir au scandale d'un procès criminel qui me couvrirait de ridicule, car de mémoire d'homme on n'a vu de bâtonnier se laisser enlever son bâton, je voudrais employer des moyens plus doux.

— Messire Nicolas Lepetit, répliqua le gouverneur, sans faire semblant de comprendre la dernière phrase de l'avocat, je prends beaucoup de part à l'accident, au malheur même si vous voulez, qui vous arrive ; mais je vous conseille d'aller prendre du repos et de vous calmer : demain il sera temps d'aller trouver le prévôt de Paris, voire même le lieutenant criminel du Châtelet et le procureur-général.....

— Et c'est là précisément ce que je ne veux pas faire, interrompit impétueusement le bâtonnier, ne voudriez-vous pas que je prisse une trompette pour allèr proclamer mon infernale aventure ?

Si j'étais assez mal inspiré pour aller faire mes doléances chez M. le lieutenant criminel ou chez M. le procureur-général, je deviendrais aujourd'hui même la fable de Paris, et mon aventure courrait la même nuit toutes les belles ruelles de la cour et de la ville. Non, seigneur Hugues de Bois-Jourdan, il faut plus de politique que cela.

D'un autre côté, je sens fort bien qu'il me faut, à tout prix, reconquérir mon bâton de

saint Nicolas, car que dirait-on, mon Dieu !...
après demain, à la cérémonie de la Sainte-
Chapelle, si l'on voyait les avocats marcher
sans leur bannière, et leur bâtonnier sans son
bâton ?...

— Il faudra cependant bien vous résigner
d'avance à paraître sans le bâton à votre cérémonie, car quelque diligence que l'on puisse
employer, il sera impossible de mettre la main
avant huit jours sur le corps du délit, en suppo-
sant que les larrons laissent la bannière in-
tacte, ce qui est douteux.

— Ne me dites pas cela, seigneur de Bois-
jourdan, exclama maître Nicolas Lepetit, vous
me lardez le cœur, vous me mettez à la question, à la torture.

— Vous attachez trop d'importance, continua le vieil Hugues, à ce bâton, qui marque

bien votre dignité, mais qui ne la constitue pas. Vous pouvez, certes, vous en passer ; une fois n'est pas coutume.

— Un vieux guerrier peut-il raisonner de la sorte !... Mais, vénérable Bois-Jourdan, notre ordre sans bannière, c'est une légion romaine sans son aigle, c'est un régiment sans drapeau. Notre bannière de saint Nicolas, c'est notre *labarum*, notre *palladium*, notre *oriflamme*. Dites-moi un peu, vous, vieux guerrier, qu'auriez-vous fait, lorsque vous étiez dans les troupes du roi, au sergent qui aurait laissé prendre son drapeau?

— Arquebusé jusqu'à ce que mort s'en suive, dit le vieux capitaine.

— Nous y voilà ! Eh bien ! moi, ce ne sont

pas les arquebusades que je crains, c'est le feu
roulant de quolibets et de lazzis qui va m'as-
saillir. Le jeune barreau surtout, auquel je re-
proche son luxe et l'abandon qu'il fait des us
et coutumes du palais, ne m'épargnera pas,
seigneur Hugues, si vous ne me prêtez pas votre secours.

— Et que voulez-vous que je fasse? bon
Dieu !

— Vous avez ici, sous votre responsabilité
personnelle, des gueux de toute espèce qui
peuvent me mettre sur la trace des véritables
larrons. Lâchez-les, mon cher Hugues, et les
récompenses que je promettrai auront dix fois
la valeur de l'objet dérobé. Qu'on me rende
ma bannière, et je me désiste de toutes pour-
suites ultérieures.....

Voyons, mon vieil ami, aidez-moi, secourez-moi ; ne me laissez pas en proie à un scandale prochain.

— Vous voyez donc enfin, dit Bois-Jourdan, en tirant le cordon d'une clochette, qu'un simple gouverneur de la Tournelle est bon à quelque chose. Et maintenant, mon ancien ami, si je répondais à votre ambition et à votre orgueil (car je ne me le dissimule pas, c'est la crainte de n'être pas réélu, et la peur des pasquinades qui vous tourmentent le plus), par ces deux mots barbares que vous m'avez jeté au cœur hier soir : *nescio vos...*

— Oh ! des récriminations, interrompit le bâtonnier, est-ce là le moment d'en faire ? Et qui vous dit, d'ailleurs, que je n'aie pas depuis lors mis d'*eau* dans mon vin ! qui vous dit que je ne me sois pas déjà repenti. Hein ?

— La bannière retrouvée ferait bientôt éva-
nouir toutes ces bonnes et généreuses disposi-
tions, fit le vieil Hugues d'un air narquois.

— Ne croyez pas cela, mon ami, ne croyez
pas cela, répondit le bâtonnier; je vous engage
ma parole d'honneur, qu'Isabeau deviendra
sous huit jours l'épouse de Michel.

— Hum! hum! fit Hugues.

— Je donne à ma fille douze cents écus d'or
de dot, et j'achète une charge de conseiller au
parlement à votre fils.

— Hum! hum! continua le vieux gouverneur.

— Quel incrédule! reprit le bâtonnier, le
mariage se fera dans huit jours au plus tard;

demain, demain soir nous signerons le contrat, et nous procéderons aux fiançailles. Cela vous rit-il, mon vieil ami ?

Le gouverneur garda le silence.

— Voulez-vous d'autres conditions encore ? continua le bâtonnier, je suis prêt à satisfaire à toutes vos exigences.

En ce moment la porte de la chambre s'ouvrit avec fracas, Michel entra précipitamment, tenant à la main la glorieuse bannière de saint Nicolas.

— Messire Lepetit, s'écria-t-il, en lui montrant les radieux insignes du bâtonnat, mes efforts ont été couronnés de succès, et j'ai retrouvé votre bannière ; je vous la remets sans conditions, prenez-la, et que Dieu vous protège !

Le bâtonnier, à la vue de son guidon, s'était précipité dans les bras de Michel. Il serrait tour à tour contre son cœur le jeune homme et la bannière. Jamais soldat ne retrouva avec plus d'ivresse le drapeau qu'un ennemi momentanément vainqueur lui avait enlevé.

— Michel! mon fils, s'écria le bâtonnier dans l'excès de sa joie, mon épargne te fait conseiller au Parlement, et ma reconnaissance te fait l'époux d'Isabeau.

Puis, se retournant vers le gouverneur de la Tournelle, et lui tendant la main.

— Mon vieil ami, lui dit-il, abjurons sur cette bannière notre courte inimitié; soyons amis comme devant, et oubliez mon refus d'hier, en faveur de mon adoption d'aujourd'hui.

— Les vieux soldats n'ont pas plus de ran-
cune que les vieux lions, se prit à dire Claude
Simon qui était rentré, appelé par la clochette.
Ça, mon maître, embrassez M. l'avocat, et que
tout soit dit.

Les deux vieillards se tinrent longuement
embrassés.

— Ah! ça! monseigneur, dit encore Claude
Simon, ne faut-il pas que les malheureux se
ressentent un peu de la joie de la famille.

— La liberté pour tous ceux que je puis délivrer de ma seule autorité, dit Hugues de Bois-
Jourdan, et qu'ils apprennent qu'aujourd'hui,
comme toujours, la bannière de l'ordre des
avocats est le gage tutélaire de la miséricorde
et de la liberté.

Huit jours après l'événement que nous venons de raconter, l'église métropolitaine de
Notre-Dame avait peine à contenir l'affluence
prodigieuse de personnes qui se pressaient
dans la nef et ses bas-côtés. L'évêque de Paris
mariait, au maître-autel, le conseiller au Parlement Michel de Bois-Jourdan et Isabeau Lepetit, fille du très honorable bâtonnier de l'ordre
des avocats.

La première représentation de Mirame.

— 1617. —

Tout dormait au Louvre : Une seule chambre, dont les hautes croisées donnaient sur la
rivière, était éclairée : c'était celle du jeune
Louis XIII, du fils de Henri-le-Grand, qui
s'exerçait à gouverner son royaume en jouant
avec des pies-grièches, tristes et babillards
oiseaux que son favori, Albert de Luynes, lui

dressait pour charmer ses loisirs ou pour tromper ses ennuis.

Le jeune roi, malgré l'espèce d'attention qu'il accordait aux pics qui voletaient sur sa table, semblait pourtant inquiet et préoccupé. Tantôt il se levait avec précipitation pour aller regarder à la fenêtre entr'ouverte, tantôt il prêtait l'oreille, comme pour saisir le bruit de pas éloignés.

Enfin, un léger cliquetis d'armes et d'éperons se fit entendre, et bientôt la riche portière de brocard d'or qui séparait la salle des gardes de la chambre à coucher du roi, fut soulevée avec précaution et donna entrée à deux hommes dont les splendides vêtements étaient cachés par d'amples manteaux noirs.

— Ah ! vous voilà, d'Albert, dit le jeune roi

en faisant un geste de satisfaction, je croyais
que vous aviez oublié votre promesse.

— On n'oublie pas ainsi les ordres de votre
Majesté, répondit d'Albert de Luynes en s'inclinant profondément devant Louis, j'ai attendu
que M. de Vitry eût terminé toutes ses dispo-
sitions : voilà, sire, le seul motif de mon re-
tard.

— Eh bien! Vitry, reprit le roi en se retournant vivement du côté du capitaine des
gardes, avez-vous fait choix des gens qu'il vous
faut?

— Oui, sire, répondit Vitry, douze hommes d'une valeur éprouvée, sous les ordres de
deux gentilshommes intrépides, du Hallier et
Perray, seront demain à la pointe du jour sous
le porche de Saint-Thomas-du-Louvre. Sur

l'avis que je leur transmettrai, ils entreront par différentes portes dans le palais, et se tiendront sur le pont-levis tout prêts à me donner main-forte.

— Luynes doit vous avoir expliqué mes intentions, Vitry, reprit le roi ; je veux faire arrêter et conduire à la Bastille M. le maréchal d'Ancre, cependant, s'il osait faire un geste, pousser un cri...

— Il faudrait le tuer sur la place, ajouta Luynes.

Louis fit un signe d'assentiment.

— Sire, répondit Vitry, je ne dissimulerai pas à votre Majesté, que je joue ma tête dans cette circonstance. Si malgré toutes mes précautions, toute notre prudence, Concini parvient à s'échapper de mes mains, il fera payer

cher aux fidèles sujets de votre Majesté le tort
de n'avoir pas réussi.

— Ne suis-je pas le maître, Vitry?

— Qui en doute, Sire? répondit Vitry; mais
la reine votre mère accorde une confiance illi-
mitée à Léonore Galigaï, digne épouse de Concini; les larmes de cette femme attendriront
votre auguste mère, et la reine, peut-être,
exigera de votre tendresse et de votre respect
pour elle, l'arrêt de mort de ceux qui auront
voulu vous servir.

— Je sais que ma mère est encore ensorce-
lée par ces deux misérables, répondit Louis
d'une voix que la colère rendait chevrotante,
mais je m'arrangerai de manière à rompre le
charme. Au surplus, Vitry, le bâton de maréchal de France est un appas assez magnifique

pour qu'on puisse risquer quelque chose à l'effet de l'obtenir.

— Comment, Sire! fit Vitry.

— L'arrestation ou la mort de Concini est une victoire pour la couronne, répondit Louis, et celui qui la gagne, cette victoire, est digne d'arriver à la plus haute dignité de l'armée. Oui, Vitry, le bâton de maréchal qui tombera des mains de Concini sera pour vous, vous pourrez le ramasser. De plus, je prétends que les lettres-patentes où je vous conférerai ce ti-tre soient enregistrées au Parlement, et relatent avec détail l'action qui vous aura mérité cette récompense.

— Maréchal de France! Ah! Sire, répon-dit Vitry, on brave mille morts pour conqué-rir ce grade éclatant. Sire, dans quelques heu-res il y aura un maréchal de plus!...

— J'y compte, Vitry. Quant à toi, Luynes,
tu sais ce que je t'ai promis.

— Sire, répondit Luynes, vous savez que
mon dévouement pour votre Majesté n'a pas
besoin de véhicule.

— Je le sais bien, d'Albert; mais, toi aussi,
tu auras donné un coup de bélier au colosse
qui pèse sur mon trône. O mes amis, si vous
saviez combien ce Concini m'est odieux !... Je
n'ignore pas qu'il a trempé dans l'assassinat
de mon père, et que Ravaillac n'a été que
l'obscur agent d'un complot dont les Concini
tenaient la trame.

— Je n'oserais pas affirmer que votre Majesté puisse ne pas se tromper, reprit d'Albert
avec une modération hypocrite; cependant
il est à remarquer que depuis le meurtre du

plus grand et du meilleur des rois, le fatal couple a vu les honneurs et les dignités pleuvoir sur lui. La Galigaï est devenue surintendante de la maison de la reine, et Concini s'est vu presque en même temps revêtu de la charge de premier gentilhomme de la chambre. Aujourd'hui il est gouverneur de Normandie, premier ministre, marquis d'Ancre et maréchal de France. Il est si haut qu'il ne peut plus monter...

— Il est si haut qu'il tombera, interrompit Louis en frappant de la main le pommeau de son épée ; il faut qu'il tombe, entendez-vous, messieurs, je le veux. L'insolent ne se contente pas de lever pour sa défense une armée plus forte que celle du roi mon père lorsqu'il était obligé de conquérir son royaume, il ose encore me braver ouvertement dans mon propre palais ; hier, hier encore, jouant au billard avec

moi, il me dit : *Sire, votre Majesté me per-
mettra bien de me couvrir ;* et sans attendre
ma réponse, il mit son chapeau sur sa tête.
Ah ! que j'aurais donné de bien bon cœur la
moitié du trésor que mon père a amassé à la
Bastille, pour voir punir sur-le-champ l'outre-
cuidance de ce misérable !

— Sire, dit d'Albert, en retirant de la po-
che de son pourpoint une petite lettre mysté-
rieusement pliée, j'oubliais de remettre à votre
Majesté une dépêche que messire Nicolas de
Verdun, premier président du Parlement de
Paris, m'a fait tenir en secret.

— Ah ! donne, d'Albert, j'ai besoin plus
que jamais de l'appui et des conseils de mon
Parlement de Paris.

Il prit la lettre et lut ce qui suit à haute
voix :

« Sire,

« D'après les renseignements qui me sont venus de différents côtés, je crois devoir vous avertir que le sieur Concini, maréchal d'Ancre, fait fortifier la ville de Quillebœuf dans son gouvernement de Normandie. Le Parlement vient d'être saisi aussi par ledit Concini d'une demande relative à l'achat du comté de Montbéliard. Le Parlement, Sire, repoussera autant qu'il le pourra, dans l'intérêt de la Couronne, les exhorbitantes prétentions du sieur Concini ; mais enfin on peut employer la violence pour nous faire enregistrer ces actes qui compromettront l'intégrité du trône, et je crois qu'il est de mon devoir de vous en signaler le danger.

« Daignez, Sire, accepter l'expression du

dévouement sans bornes de votre fidèle sujet et serviteur.

« NICOLAS DE VERDUN,

« *Premier président du Parlement de Paris.* »

— Eh bien! messieurs, vous l'avez entendu? dit le roi. Concini ne se donne plus la peine de dissimuler ses projets, il marche ouvertement vers le trône. D'Albert! d'Albert! continua Louis en serrant convulsivement la main de son favori, il faut que cet homme odieux périsse.

— Vous venez, Sire, de prononcer son arrêt de mort, dit Vitry; dans quelques heures votre majesté sera délivrée pour jamais du misérable qui ose porter une main téméraire sur son sceptre.

— D'Albert, poursuivit le jeune roi, que demain, à la pointe du jour, mon régiment

1. 16

des gardes, le seul sur lequel je puisse compter aujourd'hui, soit rangé en bataille dans la
cour du Louvre ; prend le prétexte d'une partie
de chasse pour ne pas éveiller les soupçons
de la reine ; fais prévenir aussi secrètement le
premier président Nicolas-de-Verdun, d'assem-
bler le Parlement : prenez enfin l'un et l'autre toutes les mesures convenables pour la
réussite du projet..... Songez, messieurs ,
ajouta Louis avec une dignité qui ne lui était
pas ordinaire, qu'il s'agit ici de l'indépendance
du trône et de la gloire de la nation.

Le monarque fit un geste d'adieu, et les
deux conjurés se retirèrent, pleins d'espoir
l'un et l'autre d'arriver aux premières charges
de l'État par le meurtre du maréchal d'Ancre.

Concini-Concino était fils d'un pauvre no-
taire de Florence. Joueur, dissipateur et liber-
tin, repoussé de sa famille dont il était l'op-
probre, le jeune Concini, lors du mariage
de Marie de Médicis avec Henri IV, s'en-
rôla dans les valets de pied de cette princesse,
qui amena en France, à sa suite, comme jadis avait fait Catherine, épouse de Henri II,
tous les escrocs, tous les coupe-jarrets d'Italie.
Concini eut l'adresse de se faire aimer de Léonore Galigaï, sœur de lait de Marie; il l'é-
pousa, et cette alliance devint la source d'une
faveur effrontée et d'une fortune qui jusque là
n'avait point eu d'exemple. Malgré les ténèbres
qui couvrent les véritables auteurs de l'assassinat de Henri IV, le peu qui nous reste des in-
terrogatoires de Ravaillac, prouve jusqu'à

l'évidence, que Concini et sa femme n'étaient
point étrangers à la fin tragique du roi.

Quoiqu'il en soit, la mort de Henri IV fut
pour Concini et sa femme, le signal des grâces
et des largesses. Marie de Médicis, soit pour
les récompenser, soit pour obéir à la tendresse
qu'elle manifestait également pour Léonore et
pour son époux, accumula sur leurs têtes les
hautes dignités, qui jusque-là n'avaient été
que la rémunération de glorieux services, ou
la prérogative d'une naissance illustre. Outre
les charges brillantes que les Concini obtinrent
et que nous avons mentionnées plus haut, Marie les combla de présents, de gratifications et
de grosses pensions, non-seulement sur sa
cassette particulière, mais encore sur les fermes de l'État et sur le trésor public.

L'orgueil des Concini ne devait plus avoir de frein. Léonore, dont l'humeur altière et le caractère bizarre grandissaient avec la faveur dont elle était l'objet, s'appliquait à humilier par son luxe et par son arrogance les dames les plus qualifiées de la cour. Concini régnait en despote au Louvre, il dictait les décisions du conseil des ministres, dont il était le président, affectait le plus grand mépris pour les remontrances du Parlement, et traitait les plus grands seigneurs du royaume avec une insolence que ses lumières ni ses talents ne pouvaient justifier. Aussi, l'indignation contre ces détestables étrangers était-elle générale, et le peuple comme les gens de cour, le clergé comme la magistrature, formaient-ils en secret des vœux pour le renversement d'un pouvoir exécrable aux yeux de tous.

L'heure de la vengeance sonna enfin.

Le 24 avril au matin, le maréchal d'Ancre, précédé, entouré et suivi d'une foule de gentilshommes, de gardes et de valets, arriva comme d'habitude par le grand pont-levis. Les conjurés étaient disséminés sur le pont; Vitry, en grand uniforme de capitaine des gardes, se tenait sous le portique tout prêt à agir. Le régiment des gardes était rangé en bataille dans la cour.

Le favori, vêtu superbement, était déjà au milieu du pont-levis, avec son cortège royal, lorsque Vitry alla droit au maréchal, et, lui mettant la main sur le bras droit : *Le roi m'a commandé de me saisir de votre personne,* lui dit-il.

D'Ancre se retourna vivement vers ceux qui le suivaient et cria en italien : A moi, messieurs.

Ces mots furent le signal de sa perte. Vitry, du Hallier et Perray lâchèrent à bout-portant leurs pistolets sur lui. Le maréchal tomba, et aussitôt le régiment des gardes, ayant à sa tête le comte de Grammont, déboucha par le pont-levis et n'eut qu'à se montrer pour dissiper le cortège du marquis.

Vitry tira alors son épée et cria : Vive le roi! ce qui fut répété par les conjurés, par les soldats et par le peuple.

En ce moment la fenêtre de la chambre royale s'ouvrit, et Louis XIII parut entouré de ses gentilshommes. « Merci, mes amis, merci! cria-t-il aux conjurés. A cette heure, je suis roi! »

Ainsi finit cet homme, *qui fut*, dit Voltaire, *premier ministre, sans connaître les lois du royaume, et maréchal de France, sans avoir jamais tiré l'épée.* Concini était en tout point

indigne de la fortune que l'amitié d'une reine
lui avait faite ; il ne sut pas se faire pardonner
sa grandeur par des qualités brillantes ou par
un dévouement même apparent au pays qui
l'avait adopté. Le maréchal d'Estrées, dans ses
Mémoires de la régence de Marie de Médicis,
et Bassompierre, dans les siens, ont vainement
cherché à réhabiliter la mémoire de Concini ;
les apologies intéressées de ces deux historiens ont été repoussées par la conscience publique. L'histoire ne peut voir dans Concini
qu'un misérable intrigant qui n'a convoité le
pouvoir que pour satisfaire son orgueil, sa luxure et son avarice : le châtiment était juste et nécessaire ; mais la loi seule aurait dû le décerner.

Les richesses amassées par Concini étaient
énormes. Le revenu annuel de ses charges
montait à un million de livres (à peu près un
million six cents mille francs d'aujourd'hui).

Comme tous ceux qui ont l'intention de trahir
la cause de la nation, il avait plusieurs millions
placés sur les banques de Rome, de Florence
et d'Angleterre. Enfin on trouva dans les po-
ches de son habit, au moment de sa mort,
deux millions de billets de l'épargne et de res-
criptions, et chez lui deux millions vingt mille
livres. Jamais on n'avait vu une agglomération
de capitaux aussi considérables dans une seule
main.

Après la justice sanglante du roi, vint celle
du peuple. Vers minuit, quelques gardes suisses portèrent le cadavre du maréchal dans un
caveau de Saint-Germain-l'Auxerrois. Mais,
le lendemain, le peuple de Paris courut à l'é-
glise, exhuma le maréchal, et alla le pendre à
un gibet que lui-même avait fait dresser sur le
Pont-Neuf pour ceux qui parleraient mal de
lui. La vindicte populaire ne s'en tint pas là :

au bout de quelques heures, on descendit le corps de la potence, on le démembra, et on vendit les horribles fragments de ce cadavre au poids de l'or! Disons, non pas pour justifier, mais pour expliquer ces cruautés, que Concini passait dans l'esprit du peuple de Paris pour l'un des assassins de Henri IV. La journée du 25 avril 1617 était les représailles de celle du 14 mai 1610.

Le Parlement de Paris procéda contre la mémoire du maréchal d'Ancre : il fut déclaré rebelle ; concussionnaire, prévaricateur, traître au roi et à l'État. Sa femme Léonore Galigaï fut enveloppée dans cette immense procédure, jugée et condamnée à être brûlée vive ; leur fils déclaré ignoble et incapable d'occuper aucune place. De cette scandaleuse grandeur, il ne resta qu'un mémorable exemple pour les ambitieux à venir ; mais les ambitieux savent-ils profiter des leçons de l'histoire ?

— 1642. —

Richelieu, qui avait une cour et des courtisans, des gardes et des gentilshommes comme un roi de France, voulut aussi avoir un palais. A sa voix, une demeure somptueuse s'éleva comme par enchantement au milieu de la rue Saint-Honoré, et tous les arts se disputèrent l'honneur de l'illustrer et de l'embellir. Corneille dans le *Menteur* vante :

Les superbes dehors du Palais-Cardinal.

Mais ces *superbes dehors* n'étaient rien en comparaison de la magnificence qui éclatait en *dedans*. La pourpre, la moire et la soie ; les métaux les plus précieux, l'or et l'argent, le

marbre, l'albâtre et le porphyre éclataient de
toutes parts. On sentait que le possesseur de
ce palais devait être plus qu'un roi, car toutes les grandes pensées de l'homme se révé-
laient aux yeux, dans les prodiges de l'art.

L'inauguration de cette magnifique demeure
s'était faite en 1641. Un an après, Richelieu,
brisé par les veilles et par la maladie, avait
déclaré à ses favoris que ses receptions n'auraient plus lieu que le matin : la splendide demeure tenait alors de la citadelle et du couvent.
A neuf heures, les lourdes grilles se fermaient
et les lumières s'éteignaient. Cependant, le 19
février 1642, au soir, le cardinal avait donné
l'ordre de laisser pénétrer jusqu'à lui quelques-
uns de ses familiers qu'il nomma.

Richelieu, dont les traits jaunes et amaigris attestaient les veilles laborieuses et les souf-

frances physiques, était étendu, enveloppé dans une vaste robe de chambre de taffetas bleu, à ramages rouges, sur un lit de repos placé au coin de la cheminée.

Il paraissait livré à une profonde médita-tion : sa tête était penchée sur sa poitrine et ses deux mains croisées sur ses genoux ; cepen-dant, au bruit que fit un de ses familiers en entrant, Richelieu leva la tête, et un senti-ment de curiosité inquiète erra sur son front et dans ses yeux clairs et limpides.

— Eh bien ! Bois-Robert ? dit-il.

— Monseigneur, répondit Bois-Robert, en se donnant à peine le temps d'achever sa triple révérence ; *Mirame* a réussi : votre Eminence a obtenu, sur la scène de l'hôtel de Bourgogne, un succès prodigieux. Je viens, comme le sol-

dat de Sparte, vous annoncer la victoire et
mourir à vos pieds... car je n'en puis plus.....
l'émotion du triomphe ... la chaleur... la rapidité de ma course du théâtre à votre palais,
tout m'a étrangement bouleversé.

L'abbé était effectivement devenu pâle, de
rouge qu'il était en entrant, et ses jambes fla-
geolaient comme celles d'un homme ivre.

— Mais, en effet, l'abbé, vous changez de
couleur..... dit Richelieu, vous vous trouvez
mal....

— C'est ce que je voulais apprendre à votre
Eminence par une périphrase..... Oui, Monseigneur, je me trouve mal, et la faiblesse de
la nature humaine ne me permet pas d'obéir
plus long-temps aux lois des bienséances et du
respect, je vais m'asseoir.

Et sans attendre la réponse de Richelieu, l'abbé se laissa tomber sur un fauteuil.

— Asseyez-vous, asseyez-vous, l'abbé; vous savez bien que je tiens peu à l'étiquette... mais il faut prendre quelque chose... voyons, j'ai là des sels... mon apothicaire m'a envoyé ce matin du sucre..... je vais vous en faire prendre dans de l'eau avec quelques gouttes de fleur d'oranger; c'est mon grand remède à moi, je ne me soutiens qu'avec cela. Voyons, Bois-Robert, du courage, mon ami.

Le cardinal s'était levé avec effort et s'empressait autour de son confident. Tandis qu'il apprêtait, dans un gobelet en vermeil, le breuvage dont il venait de lui vanter l'efficacité, il lui disait :

— Je sonnerais bien, mon ami, mais vous

savez que je ne veux pas que mes valets de
chambre soient instruits de votre visite à cette
heure ; ils pourraient se douter de quelque
chose , et j'ai intérêt à ne point laisser pénétrer notre secret. Buvez, Bois-Robert, buvez à
petites gorgées ; là...... bien comme cela......
Vous sentez-vous mieux, l'abbé?

— Oui, Monseigneur, oui, un peu mieux ;
en ce moment , un peu d'air me remettrait
tout à fait, car il fait ici une chaleur étouf-
fante. Permettez-moi, monseigneur......

— Quoi ? d'aller ouvrir une fenêtre ?
l'abbé , je vais l'aller ouvrir moi-même ;
ne vous dérangez pas....

— Je ne souffrirai pas, Monseigneur, interrompit le poète en s'efforçant de se lever,
que vous preniez cette peine.

— Je vous ordonne de rester tranquille,
l'abbé, répliqua le cardinal, entendez-vous,
je vous l'ordonne ; et vous savez que je n'aime
point qu'on me résiste.

Richelieu alla, en s'appuyant de meuble en
meuble, jusqu'à la prochaine fenêtre qu'il
ouvrit.

Puis, revenant auprès de l'abbé :

— Pourquoi, Bois-Robert, lui dit-il, jouer
ainsi avec votre santé ? vous n'ignorez pourtant pas que votre existence m'est précieuse
à plus d'un titre. Ce matin encore, Bochard,
mon médecin, et Dujardin mon chirurgien me
disaient : Monseigneur, toutes nos prescriptions
seront sans vertu, toutes nos drogues seront
inutiles si vous n'y mêlez quelques dragmes
de Bois-Robert. Votre humeur facétieuse,
l'abbé, m'apporte, en effet, plus de soulage-

ment que les remèdes de la Faculté, et je ne sens jamais moins les maux qui m'accablent, que lorsque vous êtes auprès de moi. Conservez-vous donc, Bois-Robert, si ce n'est pour vous, que ce soit pour moi. Il m'est permis, Bois-Robert, d'être égoïste, voyez-vous; car la tranquillité et le bonheur de mon pays dépendent peut-être un peu des jours que Dieu me tient en réserve.

— Ah! monseigneur, s'il ne tenait qu'à moi de conserver une vie si précieuse à la France, je serais tout fier et tout glorieux.

— Mais oui, l'abbé, cela ne dépend que de vous, je vous le répète, et vous pouvez m'en croire. Voyons, quelle folie vous a passé par la tête de venir comme un écolier en courant de l'hôtel de Bourgogne ici. Ne pouviez-vous pas prendre un carrosse, ou tout au moins une chaise à porteurs?

— Le désir ne me manquait pas, monseigneur, mais les moyens....

— Comment, l'abbé, vous êtes besogneux à ce point! vous n'avez pas dans votre poche de quoi subvenir à dé si modiques dépenses! Vos bénéfices ne suffisent-ils pas à tous vos besoins?

—Hélas! monseigneur, mon abbaye de Châtillon ne m'a presque rien rendu cette année; le plus clair de mes revenus a été mes jetons d'académicien.

—Et vous ne m'en avez rien dit, Bois-Robert? A quoi servent donc les amis, si on leur cache ainsi ses besoins et ses inquiétudes. Cela est mal, l'abbé; arrangez-vous de façon à ne plus mériter à l'avenir de pareils reproches, entendez-vous?

Et Richelieu s'achemina jusqu'à un riche

secrétaire, d'où il retira une bourse pleine d'or.

— Tenez, Bois-Robert, continua-t-il en donnant la bourse, sans se retourner, à l'abbé, voilà cent cinquante louis ; prenez-les et employez-les à votre usage. Je ne pourrais supporter l'idée qu'un homme qui jouit de ma confiance et de mon amitié soit réduit à de si fâcheuses extrémités.

Le malicieux Bois-Robert tendit le bras et reçut la bourse en murmurant un humble remercîment ; mais si le cardinal s'était alors brusquement retourné, il aurait vu briller sur la figure de son confident une de ces joies narquoises qui illuminent si comiquement la figure de Crispin et de Mascarille.

— Cela va-t-il mieux, l'abbé ?

— Tout à fait bien, monseigneur, tout à fait bien; et c'est moi qui vais offrir actuelle‑ment mes services à votre Eminence.

Bois-Robert se leva, et le cardinal, tout es‑soufflé de l'exercice qu'il avait pris, s'appuya sur son bras pour regagner son lit de repos.

Quand il fut assis :

—Eh bien ! l'abbé, lui dit-il, tu disais donc que *Mirame* avait réussi?

— Oui, monseigneur; et, à proprement parler, ce n'est point une réussite, c'est un succès, c'est un triomphe inconnu jusqu'à présent dans les annales du théâtre.

—Tu crois, Bois-Robert?

—Certainement, monseigneur. La vogue de *Mirame* laissera bien loin derrière elle et

la *Didon* de Jodelle et le *Cid* de Corneille ;
c'est moi qui vous l'affirme. Jamais on n'a vu
une si imposante, une si complète unanimité
de suffrages. Vos vers, monseigneur, faisaient
pleuvoir les bravos dans la salle comme vos
ordres faisaient autrefois pleuvoir les boulets
sur La Rochelle assiégée. Ceux qui n'applaudissaient pas pleuraient, et ceux qui ne pleuraient pas applaudissaient.

— Comme cela, Bois-Robert, il n'y a point
eu d'opposition, reprit Richelieu, en fixant
ses yeux d'aigle sur l'académicien.

— Fort peu, monseigneur.

— Comment, fort peu ! il y en a donc eu ?

— Où n'y en a-t-il pas ? monseigneur. L'esprit d'opposition se fourre partout : il est au
conclave comme au parlement, au conseil
du roi comme au théâtre.

La physionomie du cardinal se rembrunit,
ses sourcils se heurtèrent, son front se plissa;
on eût dit que le grand ministre venait d'a-
percevoir dans l'avenir l'aigle d'Autriche,
dont il avait brisé les foudres, renaître de ses
cendres comme le phénix, et insulter, comme
sous Charles-Quint, les glorieux lis de la
France.

— Aurait-on sifflé? dit le ministre de cette
voix creuse et altière qui faisait courber la tête
des plus grands seigneurs du royaume.

— Voilà ce que c'est, Monseigneur : une
troupe de pages, d'écoliers et de clercs de la
Basoche ont voulu tenter un esclandre au
grand monologue de *Mirame* ; les uns
criaient à l'actrice : *Plus haut !* les autres :
Plus bas ! La belle Duhautval, qui remplissait
le rôle de Mirame avec une merveilleuse sen-

sibilité, se trouva interdite. Le public en masse allait probablement expulser les perturbateurs, quand un jeune homme, qui était placé au premier banc sur le théâtre, s'élance dans l'orchestre, saute dans le parterre et, d'un bras vigoureux, saisit les plus mutins qu'il pousse vers la porte. Les amis de ces derniers veulent secourir leurs camarades, mais toute la jeune noblesse quitte ses bancs et vient prêter main forte au vengeur de l'ordre et de la galanterie. Les malveillants sont chassés ; la défaite de la cabale est saluée par des bravos unanimes ; l'actrice reprend son monologue, et la pièce est entendue jusqu'à la fin, avec des témoignages bruyants de satisfaction et de ravissement. Tel est, Monseigneur, le récit exact des événements.

— Et le brave jeune homme qui s'est si bien comporté, le connaît-on ?

— On ignore son nom, Monseigneur, mais
comme par mesure de sûreté les gardes suisses l'ont mené chez le commissaire avec les
perturbateurs, il ne tient qu'à votre Eminence
de connaître son nom, si elle le désire.

— Comment! l'abbé, chez le commissaire !

— Et de là au For-Lévêque, qui est la prison la plus proche.

— Mais, l'abbé, un homme qui rétablit
l'ordre ne doit pas être confondu avec les gens
qui le troublent. Il faut délivrer ce jeune
homme, Bois-Robert; je ne veux pas qu'il
passe une nuit en prison pour avoir applaudi
Mirame.

— Si votre Eminence veut me donner un seul
petit mot de sa main, je m'empresserai d'aller
réclamer notre Alcide, et je le lui amènerai.

— Le cas est embarrassant..... Ah ! une idée! Bois-Robert, entrebâillez cette porte, et appelez des Ilets, mon capitaine des gardes.... appelez-le à voix basse, l'abbé...... le moins de bruit possible.

Bois-Robert alla sur la pointe des pieds jusqu'à la porte qui lui était indiquée, et appela discrètement le capitaine des gardes.

Richelieu était gardé avec autant de sollicitude qu'un roi de France. Une seconde ne s'était pas écoulée que des Ilets parut.

— Capitaine, lui dit Richelieu, l'abbé de Bois-Robert vient me supplier de délivrer un sien neveu qui s'est fait arrêter ce soir à l'hôtel de Bourgogne. Informez-vous où il est; dites de ma part qu'on le relâche immédiatement, s'il est arrêté, et amenez-le ici avec vous.

— Monseigneur, répondit le capitaine des gardes, si les gens de justice refusent de me rendre le prisonnier ?

— S'ils refusent, dit Richelieu, dites que c'est le premier ministre qui l'ordonne.

— Mais, Monseigneur...

— Prenez mon cachet, des Ilets, il suffira ; ne sait-on pas d'ailleurs que vous commandez mes gardes !

— Le nom du jeune homme, fit encore des Ilets.

— Son nom ? dit Bois-Robert ; le nom ne fait rien à l'affaire : c'est le jeune homme qui a chassé les gens de la cabale à la représentation de *Mirame*.

Puis, se baissant à l'oreille du cardinal : si

je sais son nom, Monseigneur, je veux être pendu. Mais renvoyez votre capitaine, car une question encore et je ne saurai plus que répondre.

— Partez, des Ilets, reprit le cardinal ; avec l'intelligence dont vous êtes pourvu, il n'est pas permis de douter d'une mission aussi simple.

Le capitaine se retira.

—Ah ! Monseigneur, s'écria l'abbé, voilà un homme à qui il faut mettre les points sur les i. Certes, il ne ferait pas fortune s'il était au service du Grand Turc, ou du conseil des Dix, à Venise. M. de Vitry, pour tuer feu M. le maréchal d'Ancre, n'a pas fait tant de façons que celui-ci pour élargir un prisonnier.

—C'est que le bâton de maréchal de France,

répondit finement le cardinal, n'était pas au bout de l'injonction. Mais, mon cher Bois-Robert, reparlons encore de notre *Mirame*... tu m'assures bien que le succès a été complet.

— Si je savais jurer, j'offrirais à votre Éminence tous les serments imaginables. D'ailleurs, dès demain, elle pourra se convaincre de la sincérité de mon récit ; toute la cour était à l'hôtel de Bourgogne, et quand je dis la cour, j'entends, bien entendu, les seigneurs et les dames qui hantent le Palais-Cardinal.

—Que ce pauvre Desmarets sera content! *

---

* Desmarets, un des premiers membres de l'Académie française fondée par Richelieu, passa pour être l'auteur de *Mirame*. Mais cette tragédie était véritablement du cardinal : le maréchal duc de Richelieu conservait dans son précieux cabinet de curiosités et de livres rares, le

— Après vous, Monseigneur.

— Crois–tu, Bois-Robert, que le public
sache le nom du véritable auteur de *Mirame* ?

— Le nom de Desmarèts est sur l'affiche,
Monseigneur, mais le public n'est pas dupe de
celte tromperie ; votre incognito est le secret
de la comédie. Qui donc, après Corneille, en
France, pourrait tracer en vers magnifiques
de nobles sentiments et de hautes pensées, si
ce n'est le cardinal de Richelieu ! !

— Bois-Robert, tu deviens flatteur, dit en
souriant le cardinal.

—Non, Monseigneur, je ne deviens point

manuscrit de *Mirame* écrit tout entier de la main du cardinal Quelques ratures indiquaient les changements con-
seillés par Desmarets.

flatteur, et au surplus si je le suis, il y avait ce soir, à l'hôtel de Bourgogne, six cents personnes qui l'étaient plus que moi.

Cette réponse adroite mit tout à fait de bonne humeur Richelieu, qui se prit à tisonner son feu, en récitant à voix basse quelques vers de sa tragédie.

Au bout d'un moment il dit :

— Selon toi, Bois-Robert, j'ai bien fait de permettre aux comédiens de l'hôtel de Bourgogne de représenter *Mirame*?

—Monseigneur, lorsque, il y a un an, vous* inaugurâtes la salle de spectacle de votres plen-

---

* La salle de spectacle du Palais-Cardinal (depuis Palais-Royal) fut inaugurée en 1641 par la tragédie de *Mirame*. Le cardinal fit les honneurs de cette fête dramatique avec une grande munificence.

dide palais par *Mirame*, j'osai dire à votre
Eminence que le triomphe de son œuvre, tout
beau, tout légitime qu'il fût, n'était pas complet. Vous avez daigné, Monseigneur, prendre en considération le conseil que j'avais
l'honneur de vous offrir. Les suffrages de la
cour, Monseigneur, sont fort glorieux, mais
les suffrages de la nation le sont encore plus :
une œuvre dramatique ne peut durer qu'autant qu'elle est étayée par ces deux grands ap-
puis. Et, à vrai dire, Monseigneur, s'il fallait
s'en tenir à un seul, je préférerais le suffrage
de la ville; car là, Monseigneur (et par la
ville j'entends Paris comme les Romains par
urbs entendaient Rome), se trouvent les véritables connaisseurs, les vrais juges, les esprits
impartiaux. Mais je m'embarque dans une
apologie ridicule, Monseigneur ; vous êtes enfant de Paris, et mieux que personne vous
connaissez la finesse de tact, la pureté de goût,

l'atticisme de langage qui distinguent notre
capitale.

— Oui, Paris a protégé mon berceau, interrompit en soupirant le cardinal, et il aura
mon tombeau. Je veux être enterré dans cette
chère ville, que je me suis efforcé d'embellir
et que mon intention était d'embellir encore...
Si la mort m'oublie quelques années, je pour-
rai peut-être réaliser quelques-uns de mes
projets pour sa splendeur.

— Monseigneur, Monseigneur, ne parlez
pas, je vous en prie, d'une façon si lugubre;
vous vivrez encore long-temps pour la gloire
de la France; c'est moi qui vous le dis. Vos
ennemis.. ...

— Bois-Robert, je n'ai d'autres ennemis
que ceux de l'état, interrompit vivement le
cardinal; mais brisons là-dessus, l'abbé,

puisque ce mot de mort t'effraie si fort;..... il
faut pourtant tous en venir là...... Dis-moi
ton sentiment sur ce Jodelle que tu m'as cité
tout à l'heure.

— Jodelle, Monseigneur, est un des plus
beaux génies que la France ait produit; c'é-
tait un homme universel : il s'entendait bien
en architecture, en peinture, en sculpture,
faisait de beaux vers, grecs et latins, et se
montrait habile à tous les exercices du corps.
C'est le véritable fondateur de notre scène
française. Ses tragédies de *Cléopâtre* et de
Didon renferment de grandes beautés, et sa
comédie d'*Eugène* est merveilleusement bien
intriguée. Par malheur, Jodelle était fort
ami des plaisirs et de la bonne chère.

— Autant que toi, Bois-Robert, interrompit le cardinal en riant.

— Plus, Monseigneur : malgré l'amitié de deux rois, Henri II et Charles IX, le poète parisien Jodelle, après avoir mangé la belle terre de Lymodin, dont il était seigneur, mourut dans l'isolement et dans la pauvreté. Vous vous souvenez, sans doute, Monseigneur, des vers que lui a consacrés Agrippa d'Aubigné.

— Dis-les toujours, Bois-Robert.

> — Jodelle est mort de pauvreté.
> La pauvreté a eu puissance
> Sur la richesse de la France.
> O Dieu quel trait de cruauté !
> Le ciel avait mis en Jodelle
> Un esprit tout autre qu'humain ;
> La France lui nia le pain,
> Tant elle fut mère cruelle.

— Il y a dans ces vers de l'exagération, mon cher Bois-Robert.

— Pas l'ombre, Monseigneur. En ce temps-

là, Mécène n'était point revenu au monde
sous le nom du cardinal de Richelieu.

Le ministre allait sans doute gronder encore
son favori de cette flatterie à brûle-pourpoint,
quand le capitaine des Ilets parut.

— Monseigneur, j'ai trouvé le jeune homme à la recherche duquel vous m'avez envoyé ; il est là.

— Faites-le entrer, des Ilets.

Le capitaine des gardes se retira, et bientôt
un jeune homme d'une taille avantageuse et
d'une physionomie distinguée fut introduit
par Bois-Robert. La toilette du nouveau-venu
n'était point somptueuse, mais ses vêtements
étaient taillés avec élégance et portés avec une
aisance gracieuse.

— Monsieur, lui dit Richelieu en fixant sur lui un regard scrutateur, j'ai appris que vous vous étiez bravement conduit aujourd'hui à l'hôtel de Bourgogne, et j'ai été bien aise de vous voir. L'auteur de la pièce est de mes amis....ô.... et je....... Mais, qu'avez-vous, Monsieur ? vous paraissez tout ému !

Le jeune homme était, effectivement, en proie à une émotion qu'il ne pouvait plus maîtriser.

— Pardonnez-moi, Monseigneur....... car, je ne me trompe pas..... j'ai l'honneur ineffable de me trouver devant son Eminence le cardinal de Richelieu......

— Je suis le cardinal de Richelieu. Ne saviez-vous pas en venant ici que c'était moi, moi-même qui vous faisais demander ?...... Mais plus je vous regarde, plus vos traits me

rappellent des traits qui ne se sont jamais ef-
facés de ma mémoire.... Votre nom, jeune
homme?

Le jeune homme inclina la tête et dit, d'une
voix sourde :

— Je me nomme Henri Concini.

— Le fils du maréchal d'Ancre!! s'écria
Richelieu.

— Lui-même, Monseigneur.

— Et qu'avez-vous fait, que faites-vous,
pauvre jeune homme? dit Richelieu d'un ac-
cent qui attestait son émotion ; car le ministre
tout-puissant n'oubliait pas que le maréchal
d'Ancre l'avait protégé lorsqu'il n'était encore
qu'évêque de Luçon.

— Monseigneur, le Parlement de Paris
m'a déclaré ignoble, incapable de servir le
Roi, vous le savez. Mes biens ont été confis-
qués; j'ai perdu plus que tout cela : la qualité
de Français, moi qui suis né en France, moi
qui suis innocent des crimes reprochés aux
auteurs de mes jours!!

— Je sais tout cela, dit Richelieu; mais
qu'avez-vous fait depuis ce temps, déjà si loin
de nous?

— Chassé de la demeure paternelle, je fus
recueilli par un honnête bourgeois de Paris
nommé Jacques Nivalain. Cet homme bien-
faisant m'a fait élever comme son propre enfant, et j'ai reçu de lui, pendant quinze ans,
tous les soins, toutes les caresses d'un père.
En échange, j'ai porté dans sa maison le trou-
ble, la honte et la désolation.

— Expliquez-vous, Henri.

—Oui, Monseigneur, je me regarde comme
un monstre d'ingratitude. Élevé avec la fille
unique du bon bourgeois, je me mis à l'aimer,
d'abord comme une sœur, puis ensuite comme
une amante. Cécile répondit à ma tendresse,
et notre amour grandit avec les années. J'osai
demander la main de Cécile à Jacques Nivelain, mais le bon bourgeois venait d'être
nommé échevin de la ville de Paris, et le jugement du Parlement me déclarait *ignoble* ; il
me refusa, il me refusa durement. Je pleurai,
Monseigneur, car Cécile était tout ce qui me
restait dans le monde. Cécile ne pleura point,
elle. « Mon père vous oppose, me dit-elle, l'i-
gnobilité de votre naissance, je le forcerai bien
à revenir sur sa détermination. » Cécile s'é-
chappa alors de la maison paternelle avec moi,
et, au bout de quelques mois employés à cou-

rir la province dans les troupes de comédiens
ambulants nous revînmes à Paris où elle s'en-
gagea dans la troupe de l'hôtel de Bourgogne,
sous le nom de Duhautval. Vous le voyez,
Monseigneur, je suis un ingrat, je suis un
misérable, je ne mérite ni merci ni pardon.

— Ainsi ce soir, en chassant du parterre
de l'hôtel de Bourgogne ceux qui se faisaient
un plaisir de troubler la représentation, vous
aviez moins en vue les intérêts de l'auteur que
les intérêts de l'actrice ? dit le cardinal.

— Ce jeune homme savait aussi, interrompit brusquement Bois-Robert, tout l'intérêt
que vous portiez à *Mirame*.

— Silence ! Bois-Robert, dit Richelieu en
fronçant le sourcil.

— Monseigneur, je n'achèterai pas par un

mensonge le précieux appui de votre Eminence, reprit le jeune Concini, j'ai trouvé la
tragédie........

— Excellente, dit encore Bois-Robert.

— Fort belle; mais j'étais encore moins
touché de ses beautés nompareilles que de la
situation de ma chère Cécile qui pouvait perdre, par la méchanceté de la cabale, tout le
fruit de ses veilles et le fruit de ses inspira-
tions. Si ma conduite a été dictée par un sentiment d'égoïsme, j'ose croire, du moins,
qu'elle n'a pas été inutile au triomphe de
Mirame, car le naufrage de la comédienne
entraînait la chûte de la tragédie. Pardonnez,
encore une fois, à ma franchise, Monseigneur,
mais c'est le seul bien que la fortune m'ait
laissé.

— Loin de vous en blâmer, Monsieur, je

vous en loue, repartit Richelieu. Mais, dites-
moi, quelles sont les intentions de la fille de
l'échevin? veut-elle se consacrer au théâtre,
a-t-elle fait un divorce complet avec le monde?

— Vous connaissez, Monseigneur, le pré-
jugé qui pèse sur les comédiens. Cécile a embrassé cette profession uniquement pour s'as-
socier à mon *ignobilité*. Son père, désormais, ne pourra plus mettre obstacle à notre
union, les chances de mépris sont égales. Mais
du moment où le père de Cécile aura donné
un consentement que nous désirons tous deux
avec ardeur, Cécile quitte le théâtre, rentre
dans la vie ordinaire et devient l'exemple des
mères de famille, après avoir été le modèle
des amantes.

Pendant que le jeune Concini prononçait
ces paroles, le cardinal paraissait méditer profondément.

— Concini, dit-il après un assez long silence, je n'ai point oublié que votre malheureux père a été mon premier protecteur, je
veux être à mon tour le vôtre. Concini, la sen-
tence du Parlement sera réformée en ce qui
concerne la confiscation des biens patrimo-
niaux seulement ; vous serez relevé de votre
ignobilité, et la qualité de Français vous sera
rendue. Êtes-vous satisfait ?

— Ah ! Monseigneur ! s'écria Concini, vous
me comblez d'espérance et de joie.

— Tout cela à deux conditions, cependant :
la première, c'est que vous épouserez Cécile
Nivelain ; la seconde, que vous quitterez le
nom de Concini ; il y a des noms, voyez-vous,
jeune homme, qui sonnent mal à l'oreille du
peuple. Vous êtes né en France, prenez un
nom Français.

— Monseigneur, dès demain je vais implo-
rer le pardon de Cécile et le mien chez le vénérable échevin de Paris ; dès demain, Monseigneur, je prendrai le nom qu'il vous convien-
dra de me donner.

— Bois-Robert, ne me disais-tu pas tout à
l'heure que notre devancier Jodelle était seigneur de Lymodin ?

— Oui, Monseigneur.

— Eh bien! M. de Concini, achetez cette
terre de Lymodin, et faites-vous appeler désormais comte de Lymodin. Vous vous rappel-
lerez qu'une des célébrités poétiques de la
France a porté ce titre, et vous tâcherez de
l'illustrer à votre tour.

— Monseigneur, répondit Henri, mon cœur

et mon bras appartiennent à la patrie et à vous.

— Dites au roi, fit Richelieu, ce mot dit tout. Allez, monsieur de ymodin, ajouta-t-il, retournez auprès de la belle Duhautval et, en la félicitant, de ma part, du succès qu'elle a obtenu, dites-lui que je me charge d'arranger vos affaires et les siennes avec le Parlement de Paris.

Henri de Concini prit, quelques instants après, congé du cardinal, qui resta seul avec Bois-Robert.

— Voilà un homme, dit froidement Richelieu en indiquant la porte par où Henri était sorti, qui se souviendra long-temps de la PREMIÈRE REPRÉSENTATION DE *Mirame*.

Bois-Robert s'inclina en signe d'assenti-

ment, et le cardinal ayant ouvert son bré-
viaire, ce qui était le muet signal de la retraite,
l'académicien se retira sans bruit.

Le jour des Rois chez le grand Colbert.

— 1676. —

Le matin du 6 de janvier 1676, deux courtisans s'arrêtèrent sur les degrés du grand escalier de Versailles. Le marquis de Cavoye sor-
tait du grand lever de Louis XIV, et le chevalier de Nérac allait, selon son habitude, faire
sa cour à Madame de Montespan.

Et où allez-vous donc si vite, marquis ?
s'écria le chevalier. Le roi part-il pour la
Flandre ? le voyage de Marly est-il avancé
de quelques jours.

— Le roi ne part point pour la Flandre et
je ne vais pas à Marly, chevalier ; je me pro-
pose tout simplement d'aller dîner à Paris.

—A Paris ? Un tendre rendez-vous avec une
nymphe de l'Opéra, ou quelque jolie parfu-
meuse du Palais vous y entraîne sans doute ?

— Vous n'y êtes pas, chevalier. Mon voyage
a un but parfaitement vertueux. Je vais dîner
chez le contrôleur-général des finances.

— Chez M. Colbert ?

—Mon Dieu oui, jugez maintenant de mon

innocence, car vous n'ignorez pas que l'hôtel
du cher ministre est l'asile des bonnes mœurs
et des plaisirs austères! Parbleu chevalier, il
me vient une idée; accompagnez-moi chez le
contrôleur-général, nous reviendrons ensemble à Versailles, en passant par l'Opéra.

— Y pensez-vous, marquis, M. Colbert m'a-
t-il invité? pourrais-je décemment me présenter chez lui et tomber à sa table comme un accident.

—Ah! je vous proteste, chevalier, que vous
y serez le bien venu. M. Colbert chez lui n'eut
plus cet homme sombre, morose, austère,
que vous connaissez, c'est un amphytrion aimable, engageant, jovial même. Le cher ministre a deux visages, l'un à l'usage de la cour,
l'autre à l'usage de la ville. Je ne donnerais
pas dix louis d'or du premier, je donnerais

volontiers le gouvernement d'Aunis, que je
voudrais avoir, pour le second. Bien que de
forme un peu bourgeoise, la nombreuse famille du contrôleur-général est charmante. Il
y a là une femme et huit enfants qui font plaisir à contempler, et on respire là un parfum
d'union, de bonne harmonie et de bonheur
qui ne ressemble en rien à l'air de Versailles.

—Encore une fois, marquis, je ne pourrais
me décider à vous suivre, l'incongruité serait
trop forte et .....

—Croyez bien, chevalier, que présenté par
moi, vous serez bien accueilli, interrompit le
vaniteux Cavoye, en secouant son jabot de den-
telle; et ne vous y trompez pas, chevalier, en
vous engageant à m'accompagner, je vous
prouve une amitié toute sincère, car, ma foi,
n'est pas présenté qui veut chez M. Colbert.

—Mon Dieu, marquis, la bonne volonté ne me manque pas; mais je vous le répète, je craindrais d'être fâcheux : si cependant vous m'assurez.....

— Agissez comme bon vous semblera, chevalier.

— Si ma présence ne paraît pas...

— Vous avez sans doute quelques engagements plus agréables.

— Insolite... je...

— Ah! ah! mademoiselle de Soris, la première fille de madame de Montespan est jolie; chevalier, voudriez-vous tâter de cet amour?

— me ferais une véritable fête de vous accompagner, marquis.

—Enfin, à votre âge, on préfère un rendez-
vous amoureux, à une réunion de gens sensés
présidée par un ministre. Chevalier, vous avez
tort, en conscience. C'est aujourd'hui l'Epi-
phanie, on tire les rois chez le ministre et la
fève aurait pu vous échoir... et avec elle peut-
être, cette ambassade en Toscane que vous
sollicitez depuis si long-temps. Car un roi de
la fève est toujours un roi : vous ou un autre,
il y aura commencement, avancement, grâce.
Ah! ah! vous avez tort, chevalier, vous avez
tort.

— Mais, marquis, je...

— Au surplus je n'insiste pas davantage.

— Me voilà tout prêt à...

—Il faut que les volontés soient libres.

— Je ne combats plus...

— Et la voix de l'affection la plus vraie
doit se taire devant des partis pris. Adieu,
chevalier.

—Mais pour Dieu! marquis, ne vous en allez pas ainsi, il y a une heure que je m'efforce
de vous faire comprendre ma résolution. Je
ne demande pas mieux que d'aller avec vous,
pourvu que vous me garantissiez ma présentation chez M. Colbert.

—Allons donc, chevalier, voilà qui est parlé
cela. Je fais mon affaire de votre présentation,
vous dis-je, et bien plus... Je vous dirai le reste
en chemin.

Les deux courtisans descendirent l'escalier
où commençaient à monter les habitués de

l'OEil-de-Bœuf, traversèrent la cour d'honneur dans leurs chaises à porteur , et arrivèrent jusqu'à la place d'Armes , où l'équipage élégant du marquis de Cavoye les reçut l'un et l'autre.

Les piqueurs se lancèrent sur la route de Paris, et la voiture les suivit au grand trot.

— Oui, mon cher chevalier, dit le marquis, en vous emmenant aujourd'hui chez le ministre, je travaille dans l'intérêt de votre fortune et de votre amusement. Car, chevalier je ne crois pas devoir vous le cacher, nous allons nous trouver chez le contrôleur-général, en pleine bourgeoisie.

— En vérité, fit Nérac.

— En vérité, reprit Cavoye, mais quelques

heures sont bientôt passées, et puis outre les
bourgeois nous aurons d'autres convives.

— Le contrôleur-général aime donc le bourgeois?

—Mais, chevalier, M. Colbert est bourgeois
lui-même, et bourgeois de Paris. Son père
était à la vérité conseiller d'état, ses oncles
étaient du Parlement sous Louis XIII... On dit
que les uns et les autres furent même anoblis...
mais tout cela néanmoins est bourgeois, archi-
bourgeois. Qu'est-ce que c'est, chevalier, que
la noblesse de robe? hein! La véritable souche
de la maison Colbert sera donc M. Colbert lui-
même.

— Marquis, heureuses les maisons qui ont
un grand homme pour fondateur.

— Oh! bien pensé, chevalier, parfaitement
pensé, je suis de votre avis. C'est aussi celui
de Valincourt, de Labruyère et de quelques
autres de mes amis. Nous ne sommes pas,
chevalier, dans les idées gothiques de quelques têtes creuses de la cour, qui regardent
la bourgeoisie comme un ramas d'ilotes.
Non, nous savons fort bien, et nous nous plai-
sons à reconnaître qu'il y a du bon dans la
bourgeoisie : cette caste a produit des hommes éminents; et aujourd'hui encore...

— Nous avons Catinat dans les armées,
Boileau, Racine, Corneille, Molière et mille
autres dans les lettres; quant aux artistes, Pu-
get, Lebrun, Mignard Poussin, Keller tous ces
hommes qui savent faire parler la toile, le marbre et l'airain sont bourgeois. Oh! marquis,
Dieu a donné à ces gens-là des lettres de noblesse
en les envoyant au monde qu'ils charment et

qu'ils honorent. Et croyez moi bien, M. de Cavoye, ces titres-là survivront aux nôtres.

— Cela pourrait peut-être bien arriver, répondit Cavoye avec une naïve résolution. Mais,
chevalier, puisque vous aimez les hommes de
talent, vous allez en trouver un bon nombre
aujourd'hui chez M. Colbert; car je vous l'ai
déjà dit, ce ministre si renfrogné est bon diable au fond, et aime autant la joie qu'homme
du monde. Nous allons nous rencontrer sans
doute avec Despréaux et Racine.

— Heureuse rencontre.

— Avec La Fontaine et Lully.

— J'ai autant d'admiration pour le premier
que de mépris pour le second.

— L'un est poète et l'autre est un bouffon.
Je vous jure, chevalier, qu'ils sont fort bien
dans leurs rôles. Poisson y sera aussi.

— Poisson le comédien? le Crispin de la
comédie?

— Oui, Poisson le comédien, le Crispin de
la comédie. Molière n'a-t-il pas dîné à la table
du roi !

— Oui, mais Molière était un homme de
génie, et Poisson n'est qu'un mauvais auteur.

—Et un excellent comique. Mais, chevalier,
la surprise cessera quand tu sauras que M. Colbert a tenu sur les fonds de baptême un enfant
de ce comédien. Nous aurons aussi Le Nôtre,
ce rude embrasseur du roi; tout cela saupou-

dré de quelques gros bourgeois échevins ou
notables de la bonne ville de Paris.

— Vous ne pouviez me conduire, marquis,
dans une société qui me convînt davantage, répondit le chevalier, et je vous aurai, mon cher
Cavoye, de merveilleuses obligations d'avoir
tant guerroyé pour m'engager à venir avec
vous.

Cependant la voiture de M. de Cavoye, traî-
née par quatre coursiers vigoureux, brûlait le
pavé et emportait, avec la rapidité d'un trait,
les deux courtisans vers les murs de la capitale. Après deux heures de course, le fringant
équipage entrait dans la vaste cour de l'hôtel de
Seignelay ; car depuis long-temps Colbert
portait ce titre que Louis XIV lui avait con-
féré.

La postérité ne l'a pas ratifié, ou plutôt le

seul nom de Colbert, comme le seul nom de
Sully, de Richelieu ou de Mazarin, a suffi à la
reconnaissance et à l'admiration des peuples
et de la postérité.

Au moment où les deux courtisans furent introduits dans le vaste et magnifique salon de l'hôtel de Seignelay, le ministre, entouré de sa femme et de ses huit enfants, causait familièrement avec quelques-uns de ses amis les plus intimes, et quels amis! le premier président Guillaume de Lamoignon, le procureur-général Achille de Harlay, le conseiller d'état Lamothe-le-Vayer, Racine, Boileau-Despréaux, La Bruyère et Quinault! Des groupes nombreux d'artistes, de gens de lettres, de riches et honorables bourgeois, parmi lesquels on remarquait le prévôt des marchands et plusieurs échevins, étaient dis-

persés dans le salon. La franchise était peinte
sur toutes les physionomies : nulle étiquette
ne venait, à l'hôtel de Seignelay, dénaturer
l'allure de chaque profession, et les invités
semblaient s'être pénétrés de ces deux admi-
rables vers de Boileau :

Chacun pris dans son air est agréable en soi ;
Ce n'est que l'air d'autrui qui peut déplaire en moi.

Colbert lui-même, si froid, si austère, si
compassé à la cour, n'était chez lui qu'un
bon père de famille, qu'un hôte aimable et
empressé. Ses manières, qu'on appelait *bourgeoises* à Versailles, avaient chez lui ce cachet
d'aisance et de bonhomie que nos ancêtres
les Gaulois possédaient si bien, au rapport
de Tacite. Le front du ministre, en ces jours
de galas patriarchal, se dégageait des nua-
ges que les affaires de l'état y amoncelaient si
souvent ; ses yeux d'aigle prenaient une ex-

pression moins sévère , et autour de cette
bouche probe et éloquente qui savait si bien
exprimer le dédain , le mécontentement et
l'indignation , venait se jouer le sourire charmant de l'homme d'esprit, de l'homme de
bien content de son bonheur et du bonheur
des autres.

— Monseigneur , dit Cavoye en présentant
le chevalier de Nérac au ministre, j'ai pris la
liberté de vous amener un de mes plus fidèles
amis. Le chevalier de Nérac faisait des façons
pour m'accompagner ici , mais je l'ai menacé
de lui faire mettre l'épée à la main, et il s'est
alors rendu de bonne grâce à l'invitation que
je lui faisais en votre nom.

Pour comprendre ces paroles de Cavoye , il
faut savoir que le chevalier de Nérac était un
des plus brillants officiers de l'armée. A la tête
de quelques mousquetaires , il avait fait des
prodiges de valeur dans les guerres de Flan-

dre, et sa bravoure plus encore que sa naissance l'avait porté, quoique jeune encore, à
l'un des grades éminents de l'armée.

— M. de Cavoye, répondit Colbert; vous
avez parfaitement bien fait d'amener avec vous
M. le chevalier de Nérac. Il y a ici place pour
toutes les nobles intelligences comme pour
tous les cœurs valeureux.

Le chevalier s'inclina.

— Madame, continua Colbert en indiquant
d'un geste à sa femme les deux survenants, je
vous présente M. le marquis de Cavoye et
M. le chevalier de Nérac.

Les deux courtisans saluèrent respectueusement la marquise de Seignelay et ses enfants,
puis ils se mirent l'un et l'autre à parcourir le
salon.

— Marquis, fit Nérac en prenant Cavoye
par le bras, quelle est donc cette jeune beauté
qui se tenait à la droite de madame Colbert.

— C'est sa fille aînée, répartit Cavoye,
l'aimable et belle Athénaïs de Seignelay. Eh!
eh! chevalier, le merveilleux regard de cette
charmante personne aurait-il désarçonné votre
magnifique indifférence.

— Ce regard m'a blessé à mort, reprit
Nérac, et je sens aux battements de mon cœur
que l'amour qu'elle m'a inspiré me rendra
le plus heureux ou le plus malheureux des
hommes.

— Tudieu! chevalier, la chose devient sérieuse, à ce qu'il paraît. En tout cas, malgré
la difficulté de l'entreprise, on peut se flatter,
à force de soins, de prévenances, de bonne politique envers M. Colbert, d'en venir à bout. Ef-
force-toi donc, chevalier, de faire la conquête
du ministre pour arriver à la conquête de sa
fille ; glisse-toi au plus vite dans le cercle de ses
intimes, parle peu, écoute bien, réponds avec
douceur et modestie, évite les grands airs et

le ton tranchant de nos petits-maîtres de la cour, tu plairas, j'en suis sûr, au ministre en agissant ainsi. Va, chevalier, va ! et

Sors vainqueur d'un combat dont Chimène est le prix.

Et tandis que le chevalier de Nérac se mêlait au groupe qui entourait le ministre, Cavoye courut embrasser, avec toute l'effusion à la mode, Racine, Boileau et Le Nôtre, et tous ses amis les *gentilshommes apolloniens*, comme il les appelait.

Une heure sonna. Les deux battants de la porte du salon s'ouvrirent avec fracas, et le maître-d'hôtel annonça à haute voix que le dîner était servi. Colbert avait pris en tout Sully pour modèle : la même régularité qui régnait jadis dans la maison de l'ami de Henri IV, régnait dans l'hôtel du ministre de Louis XIV.

Le marquis de Cavoye donna la main à madame Colbert, le ministre offrit la sienne à madame de Vanne, femme du prévôt des marchands; le chevalier de Nérac conduisit la belle Athénaïs, et les autres convives suivirent.

Une table splendide de quarante couverts était dressée dans une salle ornée de tableaux représentant les principaux événements du règne de Louis XIII et de Louis XIV. Aux quatre extrémités de la salle, étaient placés de riches buffets d'ébène chargés de pièces de vermeil et d'argenterie. Douze valets à la livrée du roi se tenaient autour de la table.

Tout le monde prit place. Avant de s'asseoir, le ministre lui-même prononça le *Benedicite*, et les convives également debout répondirent *Amen*.

Selon l'usage antique et vénérable, on apporta un énorme gâteau, et après qu'il eût

été divisé en portions égales par le maître-
d'hôtel, le plus jeune des enfants de Colbert
glissa sous la nape damassée, plus blanche
que la neige, sa petite main, et désigna les
personnes auxquelles il destinait les parts, au
fur et à mesure qu'il les tirait.

Le sort favorisa le ministre : il trouva la fève
dans sa part, au milieu des acclamations générales, et il choisit aussitôt pour reine madame de Vanne, la femme du prévôt des marchands.

Après cette première explosion d'hilarité, les
conversations particulières, auxquelles succé-
daient quelques intervalles de silence, s'enga-
gèrent à tous les points de la table. L'entretien
ne devint général qu'au troisième service, au
moment où les valets se retirèrent. On parla
de commerce, de beaux-arts, de poésie ; chacun exprimait ses opinions et les soutenait

avec une franchise qui n'excluait pas l'urbanité.

—Messieurs, dit Cavoye, avez-vous entendu parler du placet que mademoiselle Bernard * a présentée hier au roi.

—Non, s'écria-t-on de toutes parts.

—Je puis vous donner lecture de cette pièce curieuse, reprit Cavoye ; j'en ai pris copie ; et il lut :

PLACET AU ROI.

Sire, deux cents écus sont-ils si nécessaires
Au bonheur de l'État, au bien de vos affaires,
Que sans ma pension vous ne puissiez dompter
Les faibles alliés et du Rhin et du Tage ?
A vos armes, grand roi, s'ils peuvent résister ;
Si pour vaincre l'effort de leur injuste rage

---

* Catherine de Bernard, native de Rouen, était célèbre par son esprit. Elle remporta plusieurs prix à l'Académie française, et fut reçue de l'Académie de *Ricovrati* de Padoue. Elle avait une pension sur la cassette. Cette pension n'était plus payée, et elle fit ce placet au roi.

Il fallait ces deux cents écus,
Je ne les demanderais plus.
Ne pouvant aux combats pour vous perdre la vie,
Je voudrais me creuser un illustre tombeau :
Et souffrant une mort d'un genre tout nouveau,
Mourir de faim pour la patrie.
Sire, sans ce secours tout suivra votre loi,
Et vous pouvez en croire Apollon sur sa foi.
Le sort n'a point pour vous démenti ses oracles.
Ah ! puisqu'il vous promet miracles sur miracles,
Faites-moi vivre, et voir tout ce que je prévois.

— Que dit Despréaux de cette pièce? demanda le ministre.

— Ma foi, Monseigneur, répartit le satyrique, je dis qu'on ne peut pas demander l'aumône d'une manière plus ingénieuse.

— *Toutes les façons sont ponnes pour optenir de l'argent,* baragouina Lulli.

— Oui, toutes les façons peuvent être bonnes pour obtenir des grâces, repartit brusquement Despréaux en lançant sur le Florentin un acerbe regard; mais on ne devrait pas employer l'art des vers à de pareilles suppliques.

— Monseigneur, dit Poisson à Colbert, nous sommes presque tous ici enfants de Paris : le sort vient de vous faire roi, répandez donc vos grâces sur tous vos compatriotes. Les Parisiens n'ont pas l'habitude d'être prophètes dans leur ville, et ils se montreront sensibles à un bon souvenir de votre part.

— Que puis-je faire pour vous ? mes amis : vous avez tous de la gloire; cela vaut mieux que des rangs, des dignités que le caprice donne et que le caprice enlève, répondit Colbert. Despréaux, continuez à flétrir les vices de notre époque dans vos satyres immortelles ; Poisson, tâchez, comme auteur, de suivre d'un peu plus près les traces de notre admirable Molière; comme acteur, mon ami, restez ce que vous êtes. Quant à vous, Quinault, composez-nous des opéras; votre coup d'essai dans ce genre, nouveau en France, a été un coup de maître.

— Ah ! Monseigneur, repartit Quinault,
j'ai à méditer un opéra bien plus difficile que
tous ceux que j'ai donnés. Lulli ne pourra
pas me soutenir celui-là, ajouta-t-il en regardant Boileau du coin de l'œil.

— Et qu'est-ce donc ? fit le ministre.

Le lyrique improvisa alors cette réponse :

> C'est avec peu de bien un terrible devoir,
> De se sentir pressé d'être cinq fois beau-père ;
> Quoi, cinq actes devant notaire,
> Pour cinq filles qu'il faut pourvoir !
> O ciel ! peut-on jamais avoir
> Opéra plus fâcheux à faire ?

Le ministre se prit à rire, et Déspréaux
lui-même ne put s'empêcher de partager l'hilarité générale.

— Ah ! ah ! monsieur Quinault, un impromptu ! s'écria Poisson en donnant à sa physionomie l'expression la plus bouffonne et la
plus comique ; vraiment il ne sera pas dit que

vous improviserez tout seul à la table de monsieur le contrôleur-général. Monsieur Racine, monsieur Despréaux, ramassez le gant, improvisez aussi ; usons du langage d'Apollon, dans le palais de Mercure et de Plutus.

— Je me récuse, répondit Racine ; j'ignore le secret de rimer à table.

— Et vous, monsieur de La Fontaine?

— Oh! oh! répondit le fabuliste en hochant la tête, je ne fais jamais de vers.

— Quoi! vous ne faites jamais de vers?

— La Fontaine a raison, dit Boileau, les vers chez lui coulent de source, et il ne se donne pas la peine de les composer. Quant à moi, monsieur Poisson, je n'improvise jamais ; je laisse à notre confrère monsieur Benserade la pointe et les impromptus.

— C'est donc moi, reprit Poisson, qui

vais improviser? Eh bien! soit. Il se leva aussitôt et dit d'une voix emphatique :

> Ce grand ministre de la paix,
> Colbert, que la France révère,
> Dont le nom ne mourra jamais ;
> Eh bien, tenez c'est mon compère.

Puis, quittant la pose quasi-héroïque qu'il avait prise d'abord, pour prendre une attitude tout à fait digne d'un Crispin, il ajouta, après s'être gratté le front :

> Fier d'un honneur si peu commun,
> On est surpris si je m'étonne,
> Que de deux mille emplois qu'il donne,
> Mon fils n'en puisse obtenir un.

Cette chute inattendue produisit l'effet que le comédien en attendait : on rit, et on rit long-temps de la supplique de Poisson, et de la manière grotesque dont il l'avait récitée.

— Messieurs, dit Lulli, puisque chacun adresse des placets directs ou indirects à notre cher roi de la fève, je serais d'avis qu'on mît un peu plus d'ordre que nous n'en mettons dans les demandes.

— Lulli a raison, dit le marquis de Cavoye, et j'approuve fort l'*ouverture* qu'il vient de faire, bien qu'elle ne soit pas tout à fait dans le genre de son talent.

— *Un fat ouvre parfois un avis important,* dit tout bas Racine à Despréaux.

— Messieurs, si vous voulez bien le permettre, je vais commencer, reprit Lully avec un imperturbable sang-froid. Sire roi de la fève, je vous supplie instamment de vouloir bien augmenter de cinq années, en ma faveur et en celle de M. Quinault, mon privilège de l'Opéra; sans cela, il n'y a point d'eau à boire, et je voudrais boire du vin. Et en achevant ce qu'il croyait un bon mot, le Florentin se faisait emplir son verre d'un pétillant Aï.

— A un autre, actuellement. Parlez, monsieur Le Nôtre.

— Tout ce que je demande au roi de la fève, c'est la faveur d'embrasser lui, sa femme et ses enfants, repartit Le Nôtre.

— Vous savez ce que j'ai sollicité du contrôleur-général, dit Poisson, je m'en rapporte au souvenir du roi de la fève. Mon fils est digne d'un patronage royal *.

> — *Petit Poisson deviendra grand*
> *Pourvu que Dieu lui prête vie,*

murmura La Fontaine.

---

* Le comédien Poisson était fils d'un mathématicien distingué. Il est assez bizarre que ce nom de *Poisson* ait été célèbre dans les sciences, à deux cents ans de distance.

Le comédien Poisson eut plusieurs fils, qui tous s'acquirent une réputation brillante dans les armes ou sur la scène. Le fils Poisson dont il est parlé ici obtint un emploi de contrôleur des aides, grâce à cet impromptu.

— Voyons, M. de La Fontaine, que demandez-vous?

— Je demande la permission de m'en aller, répliqua le bonhomme en se levant de table; car il y a aujourd'hui assemblée à l'Académie, et je ne voudrais pas manquer de m'y trouver.

— Vous avez le temps, La Fontaine, répondit Cavoye, il n'est que trois heures.

— Je le sais bien; mais je prendrai le plus long chemin pour arriver.

— D'accord. Partez donc, mon ami, et que Dieu vous conduise.

— Eh bien! messieurs, dit Colbert qui prenait un secret plaisir à sonder la cupidité des uns et la vanité des autres, personne ne demande-t-il plus rien au roi de la fève?

— Pardonnez-moi, Monseigneur, dit le marquis de Cavoye, je demande instamment

au roi de la fève le gouvernement de la province d'Aunis que je poursuis depuis bientôt
trois ans.

— Cette province ne fait pas partie de'mon
empire, repartit le ministre.

— Je le sais bien; mais les têtes couronnées
protègent mutuellement leurs créatures, et je
suis la vôtre, Monseigneur, sire de la fève,
veux-je dire.

Cette adroite flatterie arriva droit au but.
Colbert, cuirassé d'ordinaire contre les traits
de la louange, ne put pas résister au choc :
un sourire imperceptible de satisfaction erra
sur ses lèvres. Le bourgeois était fier de servir
de support au grand seigneur.

— Et vous, M. de Nérac?

— Hélas! sire roi de la fève, voilà tantôt
six mois qu'on me promet la modeste ambas-

sade de Toscane, et malgré mes services, que mes amis de Versailles font valoir, je n'ai pas encore obtenu l'objet de mes vœux. Hélas! sire roi de la fève, je me recommande comme le marquis de Cavoye à votre sollicitude.

— Le chevalier de Nérac a aussi une prière non moins pressante à vous adresser, sire roi de la fève : ce pauvre Nérac a été embrâsé par les yeux d'une personne qui ressemble plus à une divinité qu'à une mortelle. Un mot de votre bouche, sire roi de la fève, peut aplanir bien des obstacles ; dites-le, sire roi, et vous deviendrez l'artisan d'une félicité nonpareille.

Athénaïs de Seignelay rougit et baissa les yeux, et le chevalier de Nérac perdit contenance. Le ministre, d'un seul regard s'aperçut de l'embarras des amants, et ne jugea point à propos de le prolonger.

— Pour aller en Toscane, il faut s'embarquer sur la Méditerranée, et non pas voguer sur le fleuve *du tendre*, comme dirait mademoiselle de Scudéry, observa le ministre.

— Monseigneur, tout chemin mène à Rome, répliqua le marquis de Cavoye qui, avec sa pénétration de courtisan, sentit que les affaires du chevalier de Nérac étaient en bon train.

— Et vous, monsieur le prévôt des marchands, reprit Colbert, que vous faudrait-il?

— Monseigneur, le roi a bien voulu promettre à sa bonne ville de Paris l'érection de trois fontaines monumentales dans les quartiers les plus populeux; je vous supplie comme roi de la fève, mais surtout comme contrôleur général, de vouloir bien rappeler à Sa Majesté sa promesse royale.

— Voilà bien les vrais enfants de Paris !
s'écria Colbert : du dévoûment en tout temps,
en tous lieux, pour leur chère et, quelquefois,
ingrate patrie. Monsieur le prévôt des marchands, votre demande sera prise en sérieuse
considération. — Et vous messieurs, que
vous faut-il, continua le ministre en s'adressant à Lamothe-le-Voyer, Valincourt, Racine
et Boileau Despréaux.

— Monseigneur, répondit Despréaux au
nom de ses amis, nous désirons uniquement
la continuation de votre amitié : si elle nous
est éternellement acquise, nous n'avons rien à
envier aux plus favorisés.

La conversation continua sur ce ton jusqu'au moment où la compagnie remonta dans
le salon du ministre. Comme au sein d'une
bonne famille bourgeoise, on joua, on causa,
on fit de la musique. La belle Athénaïs se mit

à son clavecin et exécuta quelques airs d
Lulli ; les vieillards prirent place aux tables de
jeu, et les poètes et les artiststes formèrent le
cercle autour du ministre jusqu'à l'heure du
départ.

A dix heures on se sépara.

— Messieurs, dit Colbert à ses convives,
demain au soir je vous convoque tous ici.
N'oubliez pas, je vous en prie; c'est ici le dernier acte de ma souveraineté éphémère.

— Eh bien ! Nérac, dit le marquis de Cavoye, en se retirant, à son compagnon, ai-je
eu tort de te mener à l'hôtel de Seignelay ?

— Oh ! mon cher Cavoye, tu m'as rendu le
plus fortuné des hommes !

— Je le crois bien, ma foi ! Attraper d'un
seul coup de filet une ambassade et une femme

admirable ! c'est là, si je ne me trompe, une pêche miraculeuse.

— Oh ! marquis, tant de bonheur ne m'est pas réservé.....

— Oh ! chevalier, tant de bonheur vous est réservé, répondit Cavoye en contrefaisant la voix de son ami, vous avez d'aussi belles chances en amour qu'en guerre, mon cher Nérac. A propos, allons-nous à l'Opéra ?

— Retournons à Versailles, marquis; il ne faut pas qu'une journée aussi pure, aussi suave, se termine dans les émotions dangereuses d'une salle de spectacle. Oui, retournons à Versailles, et demain, trouvons-nous à l'heure convenue à l'hôtel du marquis de Seignelay.

———

Le lendemain soir, Colbert retrouvait dans son salon ses convives solliciteurs et ses amis de la veille.

— Messieurs, dit le ministre, le roi de France et de Navarre a bien voulu ratifier ce ce que le roi de la fève vous avait promis hier. Lulli, et vous, monsieur Quinault, voici la prolongation de votre privilège de l'Opéra ; Poisson, votre fils est nommé, dès ce jour, contrôleur des aides ; monsieur le prévôt des marchands, annoncez au corps de ville que le roi met à sa disposition les fonds nécessaires pour bâtir les fontaines qui doivent embellir et assainir la capitale ; M. de Cavoye, le roi a signé aujourd'hui vos provisions de gouverneur de la province d'Aunis, et vous, M. de Nérac, allez chercher dès demain, dans les bureaux de la chancellerie, les lettres diplomatiques qui vous accréditent en qualité d'ambassadeur à la cour du duc de Florence.

Quant à vous, mes chers amis, ajouta le ministre en se retournant vers Boileau, Racine et Valincourt, vous n'avez rien demandé au contrôleur-général, au ministre, mais le roi de la fève ne vous a cependant point oubliés. Le roi, sur ma présentation, vous a nommés tous trois historiographes de France, avec trois mille livres de pension chacun.

Un concert de remercîments et de congratulations s'éleva autour du ministre.

— Tout le monde est content, et personne n'est oublié, excepté moi, dit Le Nôtre.

— Si j'ai bonne mémoire, répartit Colbert en souriant, vous avez demandé hier, mon cher Le Nôtre, la permission d'embrasser toute la famille Colbert. Ce privilège, si c'en est un, vous est accordé de grand cœur, et vous pouvez, dès à présent, vous satisfaire.

L'illustre jardinier ne se fit pas répéter deux fois la permission, et aussitôt il se jeta au cou du ministre, de sa femme et des huit enfants de Colbert.

— Monseigneur, disait-il à Colbert, j'embrasse le roi toutes les fois qu'il revient de voyage, et j'embrasserais le pape lui-même s'il me tombait sous la main et que je fusse content de lui. *

* Le Nôtre alla à Rome en 1678, et fut reçu par le pape Innocent XI. Dans le cours de l'entretien, le pontife ayant fait un pompeux éloge de Louis XIV, Le Nôtre, charmé, sauta au cou du Saint-Père et l'embrassa trois fois.

—Embrassez, Le Nôtre ; embrassez, répondit Colbert ; l'amitié est une si bonne chose, qu'on est heureux de la ressentir et de l'inspirer.

—Monseigneur, dit Cavoye, le chevalier de Nérac est parfaitement pénétré de vos bontés et de l'appui que vous avez bien voulu lui prêter ; mais il vous supplie de ne pas laisser son bonheur imparfait... vous savez ce qu'hier il a demandé par mon organe?...

— M. de Cavoye, répondit Colbert avec dignité, que M. de Nérac se rende au poste que la bonté du roi a daigné lui confier ; s'il sert bien l'État dans la nouvelle carrière qui lui est ouverte, le contrôleur-général le recommandera à la marquise de Seignelay.

—Monseigneur, dit Nérac, tous mes efforts tendront à mériter bientôt votre estime et celle de la France : mon zèle et mon dévoûment sauront compenser les qualités qui me manquent pour posséder le trésor de beauté et de vertu que vous daignez me faire espérer.

— Messieurs, s'écria Poisson, quand je vois tant de grâces si noblement accordées, tant de rémunérations si dignement décernées, je ne puis m'empêcher d'embrasser, à l'exemple de Le Nôtre, M. de Colbert, en criant : vive le roi de la fève !

— Non, mes amis ; il faut crier : vive Louis XIV ! vive le roi de France ! interrompit Colbert ; car, dans ce mot de roi de France, nous comprenons la patrie, l'honneur et la gloire : vive le roi ! !..

FIN.

TABLE